王勝忠老師的

超效寫作課

多寫、多考，寫好作文就是那麼簡單！

臺中市SUPER教師

王勝忠 —— 著

目次 >>>Contents

第一章

快樂寫作文！

5

很多人害怕寫作文

　　常常聽到小朋友說他最討厭寫作文了，或者是一聽到「寫作文」就覺得壓力很大。剛好有機會與朋友互動，從他們的談話之中也讓我聽到，他們覺得要寫一篇文章必須要花很多時間來整理、來仔細思考，且不見得可以寫出一篇文章來。

　　對於疏於練習的大人來說，突如其來要寫一篇文章，真的會緊張、會害怕，而對我們經常寫作的人來說，怎麼不會覺得有困難呢？

　　後來我仔細想了想，這是由於我們有經常寫作的習慣，這樣好習慣的養成，有助於寫作的思考，所以想得快，也就寫得快了。

　　學校辦理活動結束，我與同事分享如何寫一篇活動紀錄，在此分享我的思考方向，當思考方向有了，內容的寫作就不難了。

　　一場活動的辦理，一定會有目的，所以我與同事分享，可以先談目的及意義，任何教育現場的任何活動，一定都有其教育意義。然後開始寫活動進行的經過、過程中精彩的部分、講師分享的重點等等，都是活動經過可以著墨的地方。

　　接著可以書寫參與活動者的回應，以學生為中心的活動，一定會考慮到學生的學習所得以及感受，所以將所觀察到的學生表現及感受記錄下來也很重要。

　　最後，就整篇文章作結，可以寫自己的心情，也可以回饋活動的意義性，更可以對於學生的表現加以期許，這都是可以思考切入總結全文的方式。

　　同事跟我談話結束後跟我說：「你那麼會說，要不要立刻寫一篇啊？」

　　我說：「好啊！」於是我就打開電腦，敲打鍵盤，並請同事幫我檢核我書寫的內容，有沒有符合我剛才所講的，出乎意料的是，我所寫的剛好如同我所講的。

　　同事問我是怎麼做到的？

　　我說：「**習慣的養成，能力的達成，因為我一直以來有思考記錄的習慣，所以我會立刻書寫，常想、常寫，就會越寫越快。**」

　　沒想到我的日常，竟會成為他人眼裡的不可思議。也因此，我反省自己，要鼓勵孩子多寫作，就要自己以身作則多寫給學生看。我相信，多想、多思考、多寫，一定會越來越好的。

快樂寫作文

掃描 QR Code
一起跟著唱！

　　之前為了鼓勵小朋友寫作文，創作了一首歌，歌名叫做《快樂寫作文》，今天下午與同事分享寫作文時，突然間想起這首歌，也隨口哼了兩句，真的很不錯喔！你也想聽《快樂寫作文》嗎？

寫作文　不容易

一步一步慢慢來

有想法　會思考

語詞　句型　要練好

課堂多練習　回家勤書寫

查找字典　訂正錯誤

內容豐富　文意通順

多寫多問一定沒煩惱

相信孩子，他就一定可以做到！

幫孩子建立自信心很重要，做任何事情，只要有信心，就有機會可以學會，學習當然也是如此。

學期剛開始，我在我所任教的班級進行了一個幫助孩子建立信心的教學活動，這個活動其實很簡單，就是讓學生敢於肯定自己，相信自己。

不過老師心裡認為簡單容易的事情，在小朋友心裡卻不是這樣認為，因此，必須要有所行動才行。

在我的課堂上是這樣進行的。

首先，我請小朋友們勇敢說出自己的名字，比如說：「我是王勝忠，你好，請多多指教。」這樣一句常用的話語，我先行示範，然後請小朋友們實際操作。

結果小朋友第一次練習時，說出自己的名字都很小聲，這代表著學生對自己沒有自信，或是不敢在他人面前勇敢說出自己的名字。這讓我覺得不可思議，說自己的名字再

平常不過了，怎麼會這麼小聲呢？

　　原來是小朋友害羞，疏於練習所致，因此只要實際反覆練習，就可以讓小朋友勇敢說出自己的名字了。

　　所以，我讓小朋友們實際操作，與不同的夥伴打招呼握手，然後進行自我介紹，這個活動讓小朋友覺得好好玩，每個人都笑開懷，自然就習慣開口說自己的名字，兩、三次之後，學生就敢自然且大聲說出自己的名字了。

　　然後，由我帶領小朋友進行信心喊話：「我是王勝忠，我會讓自己表現得更好。」

　　我把這句話寫在黑板上，請小朋友們大聲說出來，一開始，我一個人的聲音比全班學生的聲音還大，為了鼓勵孩子大聲的說出來，所以就要透過活動的方式，讓學生在活動中進行，然後習慣在老師及同學面前自然的表現。

　　看著學生的表現越來越好，學生開心，我也開心。我準備開始讓每一位學生都能夠站上臺，有自信的對著全部的同學，自信且大方的自我介紹。

　　還是一樣得一步一步慢慢來，我看著學生桌上的名牌，

鼓勵孩子在自己的座位上站起來自我介紹。

「大家好，我是○○○！」然後請所有孩子們回應，一個一個來，慢慢習慣，等到大部分同學都能夠熟悉老師的要求，當得到同學們良好回應的時候，再讓學生站上講臺，享受同學的熱烈掌聲。

所以，我在黑板上寫下「我是○○○，我會讓自己表現得更好。」讓每一位學生都上臺，把黑板上的句子透過自我介紹，勇敢有自信的表現出來。

一開始上臺的孩子還放不太開，所以老師必須加以鼓勵與肯定，慢慢地越來越自在，臺下的孩子也感覺到並非那麼難做到，老師多加鼓勵，然後逐漸修正，一個一個表現得越來越好。

出乎意料的是，我發現班級學生中有好幾位充滿自信，落落大方表現自己，站上臺前，能夠把自己最好的一面表現出來，就像是我寫在黑板上的文字：「我可以讓自己表現得更好。」當然，在這次的教學活動之後，學生一定會表現得越來越好。

　　藉由這次的活動，教導學生常規，上課舉手發言，勇於發表自己的看法，彼此肯定鼓勵，讓彼此更好。如此一來，班風一定會更好，班級經營當然也會更好。

　　這是一個小小的教學活動，但是拉近了師生彼此的距離，也讓老師發現了學生的優點，更讓學生勇於發表，同時獲得了上臺發表的成功經驗。

　　老師及家長們，請相信你的孩子，如果你相信他，他就一定可以做到！

第二章

作文思考法

「一二三」是好用的思考方式

　　「一二三」是最好用的簡易思考方式，說話時可以用，寫文章時也可以運用喔！

　　「一二三」是有邏輯序列的思考方式，所以永遠不會忘記，比方說當我們回答問題時，可以運用「一二三」的方式來回答，既有條理，又有邏輯脈絡，可以讓聽的人快速理解。

　　舉例而言，「如何在生活當中做環保？」這樣的題目，我們就可以試著回答，在生活中做環保，必須要把握一個原則，就是舉手之勞做環保，舉凡隨手關燈、做好垃圾分類，還有隨身攜帶環保袋及環保杯都是。

　　再來可以從二個面向做起，分別是在家裡還有在外面。在家裡可以選用節能標章的電器用品，出門在外可以多搭乘大眾運輸工具。

最後，有三項注意要點：

一、不能因為事小而不為，累積每個人的力量，就可以成就大事業，做環保也是必須從小事做起，大家一起努力；

二、從自己做起，環境保護每個人都有責任，沒有辦法要求每一個人都做到，但是我們可以先從自己做起，進而去影響其他人一起來關注及愛護我們生活的環境；

三、要堅持到底，簡單的事情重複做就是專家，重複的事情認真做就是贏家，所以做環保我們要能夠堅持到底。

誠如上述的「一二三」，就是簡單而好用的口語表達及寫作的思考脈絡，好操作又不容易忘記，可以善用。

另外，進行問題回答時，也可以用「三二一」回答，例如在進行運動會檢討會討論時，就可以用三個感謝、二個回應及一個建議這樣的邏輯脈絡來回答。

　　感謝老師認真的教導，感謝同學努力的練習，還有感謝家長的熱情支持；兩個回應就是對於同學的分享給的回應，還有對於老師的教導給的回應；一個建議，就可以是對於未來的運動會辦理的方式，或是同學們練習的方式，給予一個自己的回應。

　　這樣淺顯易懂，很容易操作，讓自己的思維模式更有條理，也讓聽的人更有系統可以明白我們的想法。

　　「一二三」的操作使用，可以在口語表達上，當然也可以作為寫作練習的方針，讓作文更有內容且更有條理，簡單好用，可以多加嘗試運用。

有效的作文教學策略與思考方向

　　如何找到有效的作文教學策略？我想，從教學現場的觀察，應該可以找到可行的策略。就我這幾年在教學現場的觀察，發現教師在尋找教學策略與進行教學活動，可以更加的與學生的生活情境連結。

　　有許多教學發想，可以來自於教學現場，根據學生的學習歷程進行設計，且進行滾動式修正，以幫學生搭建學習鷹架為考量，讓學生的作文寫作可以更有語境的概念，且能有更多的語料可以參考。最重要的是，能夠串起重要的閱讀與寫作的連結，如此一來，教師就能夠有效率的找到作文教學方向，幫助學生學習。

　　生活中的素材相當多，學生可以就過去的經驗或是透過文本閱讀，來作為寫作時的材料，老師可以善用這些學生已經具備的經驗與知識，引導學生建構尚未具有的抽象概念以及未知想法，然後透過一套有系統的教學方法，來

進行作文教學，以學生為中心來讓學生思考、連結、嘗試寫作。

　　每次的課堂教學，不管是國語課或是其他課，只要能夠讓學生統整學習綜合應用的相關課程，我都會利用部分時間進行臨床作文教學，或許是教思考，或許是教說話，或許是讓學生進行活動，利用短短的時間，測試教師構思的教學內容是否有效，學生能否跟著教師的引導進行學習，然後立即進行修正。透過這樣的實作導向的教學研發，找到可以幫助學生學習的教學方案。

　　我發現，單憑一個作文題目要讓學生發想、構思，然後開始動手寫，對於某些學生而言有些困難，因為缺乏連結，而且引導不夠，要讓學生獨立完成一篇有內容的完整文章不容易。但是如果在課堂的教學情境之下，老師有系統的引導教學內容，透過引起動機，已經學過的知識複習與再精熟，課堂裡大家討論的學習內容一致，這些課堂內容的聆聽與討論參與，就可以成為寫作的內容構思。

　　舉例來說，國小三年級的自然課本裡，有一個單元是

「廚房裡的科學」，在教學生自然科學時，就可以連結到生活之中，鏈結學生的生活經驗，以及一定可以感受得到的廚房裡的種種，來進行思考與討論，在教學生認識與辨別調味料時，也可以藉此來教學生說出自己的廚房經驗，以及如何成為料理達人。

此時，科學知識與課本內容及生活經驗，就可以成為寫作時的素材，因為每個人都有廚房經驗，不管是親子一同料理美食，或是品嚐美食，都是彼此都有過的生活點滴，再加上充分閱讀課本裡的廚房科學專業資料，隨手取材，就可以寫出一篇具有科普內容以及自己的生活經驗的小短文了。

我曾讓學生試著說出自己的廚房料理經驗，每位學生興致盎然，除了分享自己的難忘經驗外，聆聽同學的分享更是充滿樂趣。此時老師可以說說自己的難忘烹調經驗，就可以引起學生共鳴，透過體驗與感受說出自己的想法，然後寫下一則小短文，長期練習下來，學生就可以學會引用課本內容來進行書寫。這是引用的技巧，可以讓自己的

文章更有說服力，且讓自己的文章更不一樣。

要讓學生寫出一篇作文真的不容易，除了透過課堂的寫作練習，也可以隨時隨地的讓學生進行經驗分享。另外，如果可以再給予其他的協助，例如思考羅盤或是其他的學習輔具、學習教材，讓學生可以自己思考之外，也可以多與他人互動，透過遊戲的方式來進行學習，也是很不錯的方式。

討論是交換意見的基礎，討論也是獲得想法的來源，如果可以讓學生在開始寫作文前有了充足的討論，就可以讓學生更知道如何想、如何寫，然後嘗試寫，最後寫出文字，再修正文字。

我研發了許多語文遊戲與作文桌遊教具，其中有一套是「數字成語桌遊組」，透過這套教具的使用，讓學生可以學習成語的內容與故事，也可以進行造句，更可以小組互動，一起來串接情境小故事。過程中每次都發現小朋友玩得不亦樂乎，而且還想要再玩，學習已經在遊戲中一再的進行。

後來我將這套數字成語教學遊戲組推廣到教師研習活動中，連大人也愛不釋手。因此可以得知，有了輔助的教具，可以幫忙學習者思考與學習，透過遊戲的策略使用，可以讓學習者一再的反覆練習，聽取別人的經驗與想法，再串接到自己的已知知識與經驗，則可以讓語境更加擴大，讓自己的寫作語料源源不絕的產生。

教學生寫作文確實不容易，我們可以先求有，再求好，一次一次慢慢累積學生的小小學習成就，一定可以累積成為大成就。但是正確的學習方向不可以偏離，當找到正確的方向時，只要時間的積累，練習的次數增加，學習一定可以大躍進。

因此，我隨時告訴自己「教學不設限」，持續進行作文教學的備課與教學實驗，隨時隨地蒐集作文教學的素材，找到任何機會就進行寫作及思考的教學，教學生寫作也教學生思考，當學生會思考了，就能觸發寫作的樞紐，越寫越好。

三三三法則，萬年不敗的思考方式

我們在考慮很多事情時，可以透過系統思考，不管是發散式思考，或是聚斂式思考，就是要讓我們考量的面向更為多元，更為廣泛。

如果時間充足，我們可以想到的面向夠廣，對於所有的議題，我們可以想到的點會非常多，但是我們在表達時無法把全部都講出來，在寫作時無法把所有的想法都寫出來，這時候可以將「三三三法則」運用出來，透過系統思考來進行寫作。

三代表多，例如我們想到你、我、他，大概就涵蓋了大家，裡面包含了三個人，你們、我們還有他們，涵蓋起來就是所有的人了。

問到經驗，我們可以提出想法、看法及做法，這也是三個面向。另外，講到自己會怎麼解決任何事情，我們也可以運用「三三三法則」進行問題的回答思考，第一個叫

做「我知道」，第二個叫做「我做了」，第三個叫做「我發現了」。

　　只要用這三個思考面向去想，就可以大致把事情考慮完整了。用這個脈絡去想，就是「知行合一」！知行合一聽起來太抽象了，如果我們用白話來講，所謂的「知道了」，像是對這個議題解釋名詞也算，知道後有沒有去做？做表層？還是做深層？還是做很透徹？這也是好幾個層次的做了。知道了又去做，最後就有發現，發現就是我們的省思回饋。發現之後就可以用很多的我去套，像我知道了、我做了、我發現，最後還可以去加我什麼……，歷程就跑出來了！

　　如果你有越多這樣的點關注，好像我們在畫圓，我們用很多的三角形去拼湊起來。三角形把底碰在一起的時候是一個圓，可是用更多更細小的圓將他碰起來，那個圓就是正圓。如果把很大的三角形扣起來，底下看起來就沒有那麼圓。用這個概念，每一個三角形就是「我怎麼樣」，越多的話，這個圓就越圓。

　　有沒有絕對的圓？沒有，只有近似於圓。用這樣來想，我們不用想那麼多，只要想三個就好！三代表多，如果可以善用「三三三法則」，則可以讓寫作的內容含括大致全面，讓思慮更為完整喔！

　　當然也可以將三延伸為五，例如**我知道**、**我做了**、**我發現**、**我期許**、**我相信**，如此一來，就能讓表達內容更完整。「我知道」就是對這個問題的意識，對於這個問題的重要性，掌握瞭解這個議題的發展，代表「知」的層面。知的層面代表還沒有去做過，很多人都只是停留在知的層面而已。

　　第二個，就是你有沒有做過，還是有沒有人做過？

　　任何時候都可以用這樣三個層次來思考，如果可以掌握，則永遠不會忘記，回答問題或問任何問題，都可以用這種思考脈絡進行。

　　當然還有其他的思考工具，比方說我們做簡報的時候也可以這樣做，你在做演講的簡報也可以這樣做。演講就像上課一樣，一開始可以跟大家互動，引起動機，讓他們

關注，讓他們聆聽。你可以出好幾個問題，一個、兩個、
三個、四個、五個，問到後來他就會去聽你的問題，就會
去解答你的問題，就好像心理測驗。

　　例如喜歡黑色還是白色？「黑色」代表已經進入問題
思考，二選一。你吃牛排嗎？吃牛排之前，會先灑鹽巴還
是吃原味？這時候就像在做心理測驗了，最後聽眾就會告
訴你先吃和先灑的答案連結是什麼。

　　第三個，進入到做了哪些，因為是經驗分享，所以一
定最多。最後回到 Why 去結尾。從「為什麼」出發，進
入到「如何做」，再進入到「做了哪些」，做了哪些收斂
到點出「為什麼要這樣做」，這是將一個信念講出來。

　　舉例來說，我們在開班親會時，可以先講理念，在講
經營班級的時候，過去的你怎樣經營這個班級的方法。接
著再講過去做了哪些，過去做得好的，我會留下來，接著
我還會去開展，未來我想要做的。如此一來，有過去、現
在，還有未來，最後再聚斂回來說理念，信念不變，邏輯
脈絡是這樣走，之後就可以開始去做所有簡報了。

　　有人說，過去、現在、未來，因為你現在就會隨時留意其他人的文字想法，將它轉化成自己的。比如說你是有經驗的老師，我們就會說，過去的光芒、光景、光榮、光影去想過去、現在、未來。比如說光耀、光榮、光影，都是好的，正向的。過去、現在、未來，套進去。回顧過去，期許未來。

　　思考比表達更重要，思考將個人過去的經驗歷程記錄下來。例如現在很多研習會採用貼貼貼的方式，就是將自己的想法表達出來，然後再透過討論、分享來聚焦。

思考法舉例說明

　　大前研一在《思考的技術》一書中就開宗明義的說：
「這是一個思考力決定成就的時代。」

　　思考力決定了未來的競爭力，當你會思考後，就已經
決定勝負了。許多人不喜歡思考，更不懂得如何有效的思
考，因此遇事不知變通，也無法通盤解決事情，讓自己的
工作更有效率。

　　芬蘭的教育享譽國際，特別注重培養學生的思辨能力，
其中包括想像力、邏輯推理能力、表達能力與批判能力，
就是要培養出能思考、會表達，且有解決問題能力的人才，
「思考力」是帶得走的能力，有必要從小培養，讓孩子透
過有效的思考，來進行學習，會更有競爭力。

　　在此介紹幾種常見且好用的思考法：

一、3W

也有人稱之為「黃金圈」，用以討論「是什麼」、「如何做」、「做什麼」。

二、4F

四個 F 分別為事實（Fact）、發現（Finding）、感受（Feeling）及發展（Future）。

三、魚骨圖

魚骨採概念的意象，魚頭是方向與目標，魚骨有主要的骨幹，也有分支，用以說明主要與次要的內容，透過魚骨的示意，讓人清楚明瞭，另有方向性可幫助思考，是一容易理解的思考方法。

四、曼陀羅思考法

又稱為「九宮格思考法」，主要有兩種，其一是從中間向外圍發散的思考方式，用以開闊思維脈絡；另一為從

中間序列式向外繞圈前後關聯的思考方式，用以依照目標找出方向策略的思考。

五、心智圖

依照大腦思考模式來發展的一種思考方式，以一主題來進行思考方向，無限延伸，所延伸出的每一主題，又可獨立成為另一主題，藉此來做發散式的思考。

透過這幾種思考法的訓練，可以觸類旁通，不但思考可以更快速，也可以更有效率的完成事情的解決，不管是用在專案討論或是課堂的學習，都是很棒的工具。

思考羅盤的應用——有效的作文教學策略

寫作文時，是先寫了再想，或是想了再寫呢？思考羅盤的應用，有助於學生的作文書寫。

這個教學策略與教學活動的發想，來自於教學現場，根據學生的學習歷程來進行教學活動設計，且進行滾動式修正，以幫學生搭建學習鷹架為考量，以讓學生的作文寫作可以更有語境為主要核心概念，且能有更多的語料可以供學生寫作文時參考，最重要的是，可以藉此串起重要的閱讀與寫作的連結。

生活中的素材相當多，過去的經驗以及文本閱讀中，可以作為寫作材料也相當多，老師可以善用這些學生已經具備的學習經驗與情境，作為寫作的構思基礎，引導學生建構尚未具有的概念與知識經驗。透過這一套教學方法進行教學，以學生為中心，生活經驗為理解指南，來讓學生進行思考、連結，嘗試寫作。

　　每次的教學，我都會利用部分時間進行臨床作文教學與指導，有時是教思考，有時是教說話，有時則是讓學生進行體驗活動。除了在活動中檢視學生學習的成效，也利用短短的時間來測試我們構思的教學內容是否有效，然後立即進行修正。透過這樣實作導向的教學模式研發，找到可以幫助學生學習的教學方案，藉此幫助學生思考及表達。

　　要讓學生可以獨立寫出一篇作文真的不容易，所以必須給予足夠的協助及引導，目前除了設計相關輔助教具外，也研發了語文遊戲與作文桌遊，與其他老師互相討論及交換意見，是教學進步的基礎，討論的策略運用也是獲得想法與靈感的來源。

　　如果可以讓學生在開始寫作文前，有了與老師及同學充足的討論與生活經驗分享，則可以讓學生更知道如何想、如何思考、如何寫，然後主動嘗試寫，先寫出文句，再修正文字，最後完成段落及篇章。

　　先求有，再求好，但是正確的學習方向不可以偏離。當學習的策略與方向確定後，到達目的地需要的只是時間。

　　要把作文寫好，多練習是不二法門，如果可以找到有效的學習策略，則可以省下不少時間。

　　教學不設限，以「思考羅盤」作為作文教學策略持續進行中，也與老師們持續備課 ing，透過思考羅盤做為寫作指南，可以清楚找到方向，寫作時不再迷惘。

ＡＢＣＡ思考法

所謂「ABCA思考法」，分別代表A（定義、普遍性）、B（重要性）、C（個別性）、A（定義、總結），過程中要不斷問為什麼？

以下以「有效教學」為例，列出「理性專業版」及「感性溫度版」兩種版本來進行說明。

一、理性專業版

1. 定義

只要把學生教會，就是有效教學。

2. 為什麼

為什麼要實施有效教學？從過去的九年一貫到現在所提倡的十二年國教顯示，學生在校學習時間不斷增長，那麼如何在這有限的時間內，讓學生學習到學校所要帶給學

生的知識，成為十分重要的議題，因此有效教學便出現了。

　　每個學生在學校上課的時間是一樣的，如何將知識、素養帶給孩子，累積孩子能力，老師的教學極為重要，實施有效教學，搭配多元化評量，讓孩子能夠在有限的時間內完成學習，課餘時間能夠進行其他活動，達到適性成長，便是有效教學為什麼重要的原因。

3. 如何

　　我自己曾經在班上所實施的有效教學是：如何累積低年級孩子學習生詞的能力，我使用「大風吹」的活動模式。讓孩子們透過遊戲學習造詞，一方面檢視孩子學習是否達到教學目標，另一方面，藉由同儕教學，增進孩子間的感情及學生的溝通能力，透過活動的方式來了解學生的學習成效。

　　活動結束後施以評量，了解學生迷思，與資深教師討論活動修正及評量檢測方式和參加共備討論，不斷修正教學，討論創新的教學，一次一次的修正。

　　透過這樣的教學方式，我發現孩子更樂於學習，學習動機也因此提升，評量孩子學習時，發現造詞能力提升，而且錯誤率降低許多，快樂的學習，也達到學習成效，我想，這是親師生三者共同樂見的！

4. 總結

　　有效教學的方式沒有唯一，只要學生學會，達到老師所設定的教學目標，就是有效教學。對於老師而言，將學生教會，是莫大的快樂；對於學生而言，看到自己能做到了，便是達到馬斯洛所說的自我實現；對於家長而言，看到孩子快樂成長，便是最大的安慰。

　　身為老師的我，可以透過許多方式精進自己的教學，包含與資深教師討論、研習、共備課程等方式，讓學生學會，就是有效的教學。

二、感性溫度版

1. 我不知道

　　我不清楚什麼是有效教學，但我嘗試著去修正我的教學，去做到有效教學。

2. 我正在嘗試

　　紀錄是改變的最大基礎，對我來說，我不知道什麼是有效教學，但是我就現在做的教學進行修正，每一天的課程結束，我便會將課堂紀錄寫下，記錄學生給予的回饋、教學流暢度及學生學習成效等。因為紀錄，我可以發現不足；因為紀錄，我可以再一次修正教學；因為紀錄，我可以修正後再次實施教學，使自己的教學達到有效教學。

　　我自己曾經在進行低年級的生詞練習時實施大風吹的遊戲，透過遊戲的方式，孩子可以學習正確的造詞；透過遊戲，同儕間發現錯誤；透過遊戲，孩子更加樂於學習。遊戲後實施評量，了解教學目標是否達成，我發現孩子造詞能力提升許多，而且期待著下一次的上課。

　　這對我而言，就是最大的動力。學生期待著課程，亦如同老師期待著學生學習反應。對學生而言，這是有效的學習；對身為老師的我而言，這就是有效的教學。

3. 我覺得

　　我覺得有效教學是教師透過教學，教學即評量，來檢測老師的教學是否達到教學目標，透過有效教學，學生學習，老師教學中記錄修正再進行教學，三者循環，不只學生，老師也透過做中學習，學習如何將知識教給學生，學習如何將素養帶給學生，學習如何用最有效的方式進行課堂教學。

　　看到學生的學習成效後，發現迷思便修正，透過共備、研習，請益資深教師等方式不斷的修正。透過記錄修正再施行，我的教學便能夠成長。

4. 我希望

　　每一次的紀錄，就是成長的開始。因為紀錄，就會嘗試改變，嘗試創新。

　　我希望透過修正改進，嘗試參與各種研習，共備討論激盪出更多有趣的火花，使自己的教學能達到有效教學，老師樂於教，學生樂於學，而這樣的快樂，不只是快樂，進行評量時，亦能達到教學成效，對我而言，這就是有效教學。

利用六頂思考帽來練習寫作文

　　換場景會有不同的經驗感受，換衣服裝扮會有不同的心情，換交通工具則會有不一樣的體驗，換不一樣的上下班路線則可以看到不一樣的風景。

　　人是會習慣於固有生活模式的人，不輕易改變，因此隨著時間的流逝，生活型態就會固著化，照著每天的例行公事來生活，長久下來就是自己熟悉的生活方式。

　　人的思考方式也是如此，遇到任何事情，都會反射性的以自己習慣且經常在用的方式進行思考，因此容易有自己主觀的想法出現。

　　如果要讓自己的思考有所跳脫，則可以改變思考脈絡，用不一樣的思維方式來進行思考，就如同轉換不同的生活型態，改變不一樣的穿著打扮，變更自己的生活環境風格，就會有不一樣的思考方向出現，不管是讓想法跳脫，或是讓想法多元，抑或是讓想法可以更全面。

六頂思考帽提供了六種的思維模式，除了原有的白色思考帽之外，還有另外五種不一樣的思考方向提供我們參考，以開展出其他不同的思考方向，或是使用不同顏色的思考帽的思考模式應用來達到不同的目的。六頂思考帽不但可以讓你把事情想得更周全，更是解決問題的利器！

「六頂思考帽」法則包含了六頂不同顏色的帽子，分別是：白帽子、紅帽子、黑帽子、黃帽子、綠帽子及藍帽子。

不同顏色的帽子分別代表著不同的思考意義：

白色帽子：代表「中立、客觀」；

紅色帽子：代表「直覺、情感」；

黑色帽子：代表「謹慎、負面」；

黃色帽子：代表「耀眼、正面」；

綠色帽子：代表「創意、巧思」；

藍色帽子：代表「統整、控制」。

若用在職場，主管在思考決策時，可以用藍色思考帽做決策，以統整各方意見做出決策，參酌各方意見的優缺點，找出最可行的方式來執行，有助於領導。

　　而對一位創意行銷的工作者而言，可以先分析自己目前熟悉慣用的思考方式比較屬於上述哪一種，若不是屬於創意巧思的綠色思考帽類型，則可以試著調整原有的思考模式，戴上綠色思考帽來進行有目的、有意識的目標思考。

　　若要整合兩種以上的思考方式，則可以進行跨域思考，發揮加乘的效果，舉例來說，在原有戴著紅色帽子以直觀情感來思考的情況之下，為了可以更全面來考慮其他面向，則可以再戴上黑色帽子，謹慎考量並且想到可能冒的風險及必須要承擔的後果，如此一來則可以收兩層意義的功效。

　　當然在寫作時，也可以利用六頂思考帽來作為構思的工具，比方說在寫議論文時，我們必須考慮正反兩面的說法，提出相關的佐證資料，採正反合的策略來進行書寫。

　　有想法又能提出佐證，最後提出更為全面且妥適的看法，這時候則可以用白色帽子、黑色帽子及藍色帽子來做三個面向的思考，先提出該議題的正向表述，然後提出反面的主張，最後再整合結論，就可以較為全面的方式來考量，胸有成竹的寫下自己的見解，成為一篇有不同論點的議論文。

在寫作抒情文的時候，則可以戴上紅色思考帽，讓理性的思維暫時拋開，改用情感思考，讓自己站在感性的平臺上來思考，自然不會出現以理性觀點來寫感性的抒情文，可以更符合情境地抒發自己的感情。

書寫帶有批判意味的評論時，則可戴上黑色的思考帽，對於任何議題的觀點及說法存疑、提問，從各個角度來檢視正確性與合理性，從邏輯思考的方式檢證他人所提出的說法，縝密而有據的的批判，客觀而細膩的大膽假設小心求證，如此一來就能提出讓人認同且有客觀證據的批判評論文章。

從另一個面向來說，人的思維總是希望呈現多工的狀態，也因此大腦多方運作，思維及觀點經常模糊無法清晰，如果可以使用六頂思考帽，一次只用一頂帽子的思考面向來進行思考，則可以解決我們常想要用一種思維應用一切的習慣，讓思考更為聚焦，以獲得更好的效果。

教導學生寫作時，可以六種不一樣的思考方式來練習，就如同在教學生繪圖時，透過不同風格的筆法來繪圖，則可以有不一樣的畫風呈現，同一幅風景畫，如果用點描法來畫

跟用印象派畫風來畫，就會給觀賞者不一樣的感受。

　　繪畫需要練習多種技法，思考也必須有多元的思考脈絡，六頂思考帽有效且具體好操作，用在教導學生構思寫作是很好用的工具喔！

第三章

寫作文，從口語表達開始

「口語表達」其實一點都不難

口語表達的重要性

　　「說話」，對大多數的人而言，是再平常不過的事情，每天都會不斷地說話。然而，我們每天都在說話，但是我們真的了解到底什麼是說話嗎？一段話說出來看似簡單，但是如何讓他人在你的言語中了解你所要表達的意思，而不是在長篇大論後，卻讓人摸不著頭緒，足以可見「說話」十分重要，更是一門藝術。

何謂口語表達

　　所謂的口語表達，就是指藉由口說講述出想法，如何藉由你的口說，讓他人了解你的想法以及思維。口語表達不一定要長篇大論，精鍊的口語表達，可以使人在你有限的口說內容中，了解你所要傳遞的意義。

基本的思考脈絡

「你的想法是？」、「你的看法是？」、「如果是你，你會怎麼做呢？」這類的問題，你一定不陌生。常常他人詢問時，我們會做線性地直接回答。

當然，直接回答沒有不好，但是在回答前，不妨去思考，為什麼他人會問你這個問題？他或許是想聽看看你的想法，更有可能是想從你的回答中找取方法，改進自己現在或是曾經面臨的問題。

這時候，回答前不妨試著加入「我知道」。「我知道」代表回答者已猜測過問話者的心思，知道了提問者所要傳達的意義，知道提問者想要從回答中學習。

然而，說了「知道了」又會如何呢？舉例來說：你會如何經營一個班級？直線思考回答就會是：我會了解學生、我會做好親師溝通、我會進行有效教學。雖說這些回答可以馬上讓他人了解你的做法，但是條列式回答，其實與我們平常的表達來說較有距離。

倘若我們在這時候加入「我知道」，又會變成如何呢？

　　我知道推展良善的班級經營，首要之務便是了解學生；我知道良善的班級經營是親師溝通間穩固的橋梁；我知道良善的班級經營更是老師進行有效教學最強大的後盾，也就是因為良善的班級經營，是親、師、生三者溝通，以及課堂的教學必要條件，所以我的班級經營做了……

　　同樣的問題，在回答前加入了「我知道」，除了可以讓聆聽者了解回應的人的作法外，更可以讓人了解是先知道再去做了。

　　但是，單單只有說明我知道，代表只有知道，「知道」與「做到」是不同層次的回應。提問者所問的是「你會如何經營一個班級？」代表他想知道你是如何做的，而不僅僅是你知道的。

　　若是這時候加入「我做了」又會如何？

　　我知道良善的班級經營，是親、師、生三者溝通，以及課堂的教學必要條件，所以我的班級經營做了：了解每一個孩子學習及生活背景、在課程進行前進行充分的備課……等。這樣的回答可以讓聆聽者了解你不只是知道，

更去做了。

　　相較於前面的回答：「我會了解學生」、「我會做好親師溝通」、「我會進行有效教學」，「我做了」比「我會」更能表達出回應者已經做過，而不是未知。

　　說明完自己知道與做過的事之後呢？其實這樣的回答還不完整。為什麼這樣說呢？因為身為老師在學校會進行課堂教學，教學後便會對學生進行評量，以了解學生是否有達到老師設定的教學目標。

　　達到教學目標，可以為自己課程進行創新，活化教學；若未達教學目標，更需要進行修正，透過滾動式修正，讓自己的教學達到教學目標。

　　課堂教學是如此，口語表達更是如此。每一種作法背後一定會有其原因，更有其成長歷程。透過這段歷程你「發現」了什麼，便是你自己對自己進行的評量及後設認知。

　　我知道良善的班級經營，是親、師、生三者溝通，以及課堂的教學必要條件，所以我的班級經營做了：了解每一個孩子學習及生活背景，了解每一個孩子學習及生活背

景後，我便進行差異化教學。

我發現孩子在我調整後的課程中的學習，更能夠達到課程目標，並且班級氣氛更加的歡樂，家長也對我說：「謝謝老師，○○○現在天天都期待上學！」

透過上述的回答，便可以知道已經完成省思，也呼應了一開始所說的「親、師、生三者溝通，以及課堂的教學必要條件」！

內含展望的回答

了解口說回答的基本思考脈絡後，我們已經能夠用精鍊的文字來回答他人的問題，他人已經能夠從你的話語中了解你個人從過去到現在所做的事情。若是要讓他人對你的了解更加完整，這時候需要加入「未來」。

未來該怎麼加入呢？不妨加入「我期許」來試試看。

以上述所提的例子來說：我知道良善的班級經營，是親、師、生三者溝通，以及課堂的教學必要條件，所以我的班級經營做了：了解每一個孩子學習及生活背景。了解

每一個孩子學習及生活背景後，我便進行差異化教學。

　　我發現孩子在我調整後的課程中的學習，更能夠達到課程目標，並且班級氣氛更加的歡樂，家長也對我說：「謝謝老師，○○○現在天天都期待上學！」我期許自己在未來能保有這樣的熱情，陪伴著孩子一同成長。

　　回答到這裡，你的回答已經比上述原先精鍊的回答多了一點感受，能夠讓人感受到你內心的想法外，還有溫度！如果你要讓他人了解你，不只是一個有想法，更是有溫度的老師，這時候可以加入「我相信」。為什麼這樣說呢？上一層次的我期許，或許是期許自己，也可能是期許學生。

　　期許能夠去從事某一件事，但是付諸行動前，為自己或他人進行肯定與精神喊話是很重要的！所以許多比賽都會有加油團、啦啦隊，就是要進行精神喊話。為自己與孩子鼓勵及肯定！

　　我知道良善的班級經營，是親、師、生三者溝通，以及課堂的教學必要條件，所以我的班級經營做了：了解每一個孩子學習及生活背景。了解每一個孩子學習及生活背

景後，我便進行差異化教學。

我發現孩子在我調整後的課程中的學習，更能夠達到課程目標，並且班級氣氛更加的歡樂，家長也對我說：「謝謝老師，○○○現在天天都期待上學！」我期許自己在未來能保有這樣的熱情，陪伴著孩子一同成長。

我相信自己在自我期許中，能夠茁壯成長。更相信孩子在老師的期許中，能夠快樂正向成長。

總結

「口語表達」其實很困難，也很簡單。如何說出讓人聽得懂的話語？如何回答別人的問題？如何講出具有內容更具有溫度的回答？在回答這些問題前，你需要有脈絡的思考。

試將每一個脈絡思考想成一個三角形，而口語表達是一個圓。我們用很多的思考脈絡三角形去拼湊，當許多三角形的邊碰在一起的時候是一個圓。

可是，用更多更細小的圓將它碰起來，那個圓就是更

正一點的圓。如果你用很大的三角形連接起來,底下看起來就沒有那麼圓。用這個概念,每一個三角形就是思考脈絡,畫越多的圓,這個圓就越圓,口語表達就更完整。

　　有沒有絕對的圓?沒有,只有近似於圓。但是,既然叫做「口語表達」,代表就要表達,空泛的想,卻沒有進行口說絕對不夠,一定要多多的口說練習!相信透過日常生活中多次練習後,口語表達能力一定會大幅提升!

如何修正口語表達的方式

　　口語表達是一門學問，課堂教學、與人溝通、買賣物品等皆需要口語表達，然而如何使教學語言精簡與正向，更是困難的課題。我所認為的精鍊教學語言是不帶有冗詞贅字，在這樣的情形下，能夠完整表達出所想表達的意義。

　　為什麼精鍊與正向的教學語言十分重要？ TED 演講所提出精鍊的演講 18 分鐘，其實亦可類推於教學現場。一名優秀的講師把握使人投入專注的 18 分鐘，讓聽者在 18 分鐘內吸取演講精華，大人專注力僅如此，更何況是教學現場的孩子；而教學現場，優秀的教師如何使孩子在有限專注學習的時間學習，便考驗著老師的課程設計能力與語言表達。

　　只要課程設計能把學生教會，就是有效教學。而學生在學校學習，不僅限於課本知識，更需培養一輩子都要擁有的素養之一，即口語表達。然而老師是學生的典範，作

為身教式學習榜樣，老師的一舉一動都影響著學生，是影響力極大的潛在課程，所以老師的口語表達能力更需要特別小心，應避免贅字贅詞或是錯誤文法出現。

例如「做一個整理的動作」、「做修改」、「做訂正」等情形，同時出現兩個動詞，老師平常若琅琅上口，學生便會在不經意中受影響，應直接以「整理」、「修正」、「訂正」等詞語，明確指出所需要做的行為。

我如何在自己的課堂教學修正自己及強化學生的口語表達？我曾經結合美勞繪畫及綜合課程，讓學生畫出自己，並讓學生在圖畫上寫出自己喜歡的事物，及想要從事的職業，最後讓學生上臺自我介紹，說一說自己所畫出的自己。

透過這樣的活動方式，可以讓學生發覺「周哈里窗」所提到的隱藏我及開放我，當學生介紹過程不順暢時，老師引導詢問學生還可以如何說，或者提出修正，讓學生介紹時更加順暢。

當學生透過老師引導而進步時，便會露出燦笑，甚至以跳躍方式回到座位。或者發現學生的進步而老師給予增

強後，學生會開心地說：「上臺說話很簡單！」

　　除此之外，也讓臺下其他學生提出問題，可以幫助學生發覺未知我甚至是盲目我。透過充分備課、請益資深教師、共備等方式，不但可以發覺課程設計的迷失，也能夠藉由與人一來一往溝通的方式強化語言表達能力。

　　修正口語表達的方式並不是唯一，透過不斷自省、練習就能做到，因為教育就是「做中學」，老師和學生都在課堂中不斷操作學習，透過多元化的嘗試練習，便能察覺問題，進而修正，以修改口語表達的方式，提升口語表達能力。

如何從小培養孩子的口語表達能力？

　　口語表達能力是未來重要的關鍵能力之一，如果孩子能有好的口語表達能力，則可以有效率的傳達心意、表達想法，在適當的場合說適當的話，更能透過良好的口語表達能力讓自己更有自信，學習得更好。

　　要培養孩子的口語表達能力，可以從小就開始，讓孩子習慣在眾人面前練習說話，而最簡單的，就是讓孩子經常有機會說話給爸媽及家人聽，久而久之，在學校的教室裡，孩子就會適應說話給眾人聽的場合，將這樣的習慣養成，假以時日，一再練習與修正，一定會越說越好，且越來越願意在眾人面前說話，上臺的勇氣自然就有，上臺的動機會越來越強，當然口語表達能力也會越來越好。

　　要讓孩子可以具體操作練習說話的方式，從生活中學習最快，透過孩子最為熟悉的事物來入手，快速且有效率，讓孩子試著說出自己的物品，介紹自己喜愛的東西，都可

以是很棒的策略。

在此分享我教小一學生介紹自己的鉛筆盒的教學策略及教學流程。

據我在教學現場的觀察，幾乎每一位小朋友都有一個鉛筆盒，透過讓學生分享自己的鉛筆盒給同學，是一個很棒的教學活動，方便又有趣，非但可以藉此教學生要隨時整理自己的物品，管理好自己的物品，也要養成收納的好習慣，這個教學活動既可以教認知，也可以教學生養成好的習慣。

在我的教學課堂上，配合教學內容，教孩子認識文具，在學生認識了課本裡介紹的文具後，我們即進行課堂評量，且延伸補充介紹課本裡沒有提到的文具用品，這時小朋友們五花八門的鉛筆盒就是最好的教具。

透過讓學生分享鉛筆盒裡有哪些東西，一來可以複習課本裡所學的內容，二來可以補充課外的文具用品名稱，另外，又可以藉此機會教導學生良好的生活習慣，隨時整理自己的物品，並且檢查是否鉛筆及橡皮擦等基本的文具

都到位了。

透過整理物品，管理鉛筆盒，學習簡易的收納概念，為自己的學習負責，並且養成良好的習慣。等到學生都能良好管理自己的鉛筆盒後，再來讓學生試著整理自己的書包，管理自己的書包，搭配聯絡簿來備齊每天該準備的物品，未來還可以設計整理自己房間的課程、規畫家庭空間擺設等等。

接著進入口語表達的教學部分。由於學生對於自己每天使用的鉛筆盒再熟悉不過了，因此，藉由課堂教學活動教學生分享自己的鉛筆盒相當合適，所以我讓學生到臺前來，說說自己的鉛筆盒裡有什麼東西，每個人都想要看看同學的鉛筆盒裡有哪些東西。

進行這個教學活動時，我看到學生的學習動機相當高，學習專注力也高。我將自我介紹結合鉛筆盒裡的內容物介紹，讓學生試著在同學面前練習說話。

這樣的進入門檻不高，且每位學生都有鉛筆盒，因此很容易具體操作，學生也容易進行同儕學習，從別人的分

享進行模仿，甚至擬定自己的介紹方式，有人仿說，有人用自己的方式介紹自己的鉛筆盒，創意十足。

先由老師示範如何介紹鉛筆盒的標準作業流程，首先對著同學們說：

大家好，我是○○○，現在我要介紹我的鉛筆盒，我的鉛筆盒是藍色的（顏色），這是一個塑膠製的（材質）鉛筆盒，在我的鉛筆盒裡有四隻（數量）鉛筆、一個橡皮擦，還有一支尺，這就是我的鉛筆盒，謝謝大家。

透過這樣簡單容易操作的教學活動，小一的學生可以複習已經學過的主題，例如顏色或是數字，也可以藉此增加上臺的經驗，更可以讓學生們學習聆聽同學說話的正確態度。

在活動中我發現，學生的口語表達大同小異，有老師示範的內容，更有自己的創意發想，願意與同學們分享自己所擁有的鉛筆盒。

　　每一位學生能在講臺上順利的完成任務，獲得老師及同學們的掌聲鼓勵，這樣的成功經驗就是學生自信心養成的來源。久而久之，孩子會主動上臺分享發表，其他同學們也會習慣老師這樣的教學方式，讓學生們增加聆聽與表達的學習機會。

　　另外，關於後續的延伸教學活動，老師可以進行提早寫作的教學，讓學生們試著觀察自己的鉛筆盒，做一下簡易的數量統計，最後嘗試寫下來，更可以將老師教給學生的好習慣如何養成寫下，例如愛惜自己的鉛筆盒、備妥自己的文具、按時完成作業、做好學習的榜樣……等，相信有了這樣的學習進程及教學活動，學生在提早寫作時的作品，一定可以具備寫作基本的內容，並達到作文的雛型。

　　讓學生介紹自己的物品、介紹自己的鉛筆盒、介紹自己的玩具，都是練習口語表達很好的方式，從親子互動分享開始，然後在課堂上再次的練習，慢慢地孩子會熟悉在他人面前說話，練習再練習，熟能生巧，一定會表現得越來越好。口語表達能力無法一蹴可幾，如果可以從小養成，

對於孩子的學習一定有相當程度的幫助。

教孩子學習、養成良好習慣，說話與聆聽都是很重要的學習策略，越早養成，收穫越多。

體驗打掃廁所進行口語表達學習

　　今天的廁所清掃學習活動，我們讓所有小朋友進行廁所相互觀摩，並考察了去年的六星級廁所，看看第一名的廁所是如何打掃的，看看第一名的廁所裡到底暗藏了哪些玄機？然後讓每一位參與的小朋友，練習在眾人面前發表心得，並說出要怎樣打掃才能更好。

　　從小朋友的心得分享之中，我觀察到有些小朋友是第一次在這麼多人的面前發言，雖然還有很多改進的空間，但這就是學習。小朋友除了學習如何打掃廁所之外，還要學習如何說話，這就是我辦清掃學習的目的，藉由這樣的活動，培養學生多元能力。

　　其中一位五年級的小朋友真是令我喜出望外，態度落落大方，言之有物之餘，還能條理分明的講出我們所考察的廁所的優缺點及改進的空間，儼然就是專業廁所稽查人員了。

　　廁所觀摩分得分享，其實也就是口語表達的訓練，更是未來作文能力的培養，當小朋友可以從做中學習，進而仔細的觀察，然後有條理的說出其中的優劣處，最後總結歸納，或是改善也好，或是展望未來也好，都是思維能力與統整能力的培養。

　　真開心小朋友各個都可以盡情的表達自我，其實能在眾人的面前說話，是一種值得驕傲的事，我期許未來這批能為他人服務的小朋友，可以一天比一天更進步。

後記：

去年廁所清掃學習的一位小朋友，今天午休時間特別跑來參加我們的學習活動，因為他們班打掃的區域改變了，她沒有辦法繼續打掃廁所，也因此無法參與這一梯次的廁所清掃學習活動。

但是早上升旗時，她特別跟我說，可不可以讓她參加，我二話不說當然答應了，能夠讓學生自動自發的想要學習，是我一直以來的教育理念，竟然從指導學生打掃廁所達到我的理想，我非常開心，今天特地請她擔任「廁所清潔大使」，賦予她使命感與責任感，當她完成任務時，榮譽感一定十足。

教育是什麼？**教育就是從沒有人注意到的小細節扎實的做**，什麼時候要開花結果不知道，但是只要仔細栽培、耐心呵護，萌芽是必然的，開花可以期待，綻放一定充滿希望。

以學生為中心的教學

回顧一下過去當學生時，我的老師的教學方式。

記得當年一個班級大概有四十多位同學，班上的座位是以排排坐的方式，除了書法課、作文課以及美勞課老師讓同學自由發揮，給了我們很多時間可以完成作品之外，其他的學科，大致都是老師說什麼我們就做什麼。老師是教室裡的王者，還佩有教鞭，舉凡大小事可以說是「老師說了算」。

那時候的教學是「以老師為中心」，分析老師們的教法都是「聽說教學法」或是「講述教學法」為主，老師講、學生聽，要不就是老師抄重點在黑板，學生作筆記。在這種教學方式之下，學生必須要去適應老師的教學。

記得那時候，還有從大陸各省來到臺灣的老師在學校裡教學，因此可以聽到不同的口音，學生也必須去適應老師之間不同的腔調。現在想起來，當年老師的教學變化並

不大，也不會考慮到學生間不同的「學習風格」，當年成績名列前矛的同學，大抵都是屬於「視覺型」或是「聽覺型」的學習者，要不就是「天才型」的資優生。

也因此，許多學習落後者都被忽略了，而且學生除了具備應付考試的能力之外，其他的潛能都被埋沒了。在那種傳統的教學方式之下，學生除了抄寫與強記之外，其他該有的能力，如「合作學習」、「口語表達」都尚未被開發，使得同學下課時很會聊天，可是上課時卻不懂得如何發言，更不用說「言之有物」了。

然而，現在的教育方式與過去大大不同，在九年一貫課程推行之後，強調要培養孩子「帶著走的能力」，而不是「背不動的書包」，因此課程綱要重新作了調整，並鼓勵教師多使用各種不同的教學法，用以培養學生更多元的能力，也能讓不同的學習者可以藉此學得更好。

過去的教學大概都是「教師為中心」，所有的教學都是以老師為主，現在的教學應該「以學生為中心」，所有的課程設計的出發點應該是「如何讓學生能有效學習」以

及「如何能讓學生在有限時間裡作最多的學習」，老師可以扮演引導的角色，讓學生成為主要的學習者，所有的教學與評量都應該為學生量身打造，而不是設計成讓老師容易教學。

至於如何「以學生為學習中心」呢？美國哈佛大學發展心理學家 Howard Gardner 提出了「多元智能理論」，認為人類至少有八項基本智能，分別為**語文**、**邏輯數學**、**空間**、**肢體動作**、**音樂**、**人際**、**內省**、**自然探索**等智能，且國內外多數的研究均認為，多元智能的教學對學生的學習動機、學習情況、問題解決、提升自尊等方面有正面的效果。

因此教師在設計課程時，必須把學生這八種基本能力考慮進來，才能讓大多數的學生都能受惠，而非只是照顧到語文與邏輯數學能力優異的學生。

教師必須考慮到學生的多元能力，在設計課程時也必須跟以往不同，從以教師為中心，改變為以學生為中心，如此一來才能促成學生學習和真實生活的連結，教師也會

使用更多的教學法及技巧，更能察覺學生的需求。當然教師的教學表現就會增進，且教師會以更趨近真實的評量方式評量學生，幫助更多的學生發揮潛能。

現在的教育講求「不讓任何一個孩子落後」、「成就每一個孩子」，所以必須「以學生為中心」來設計課程與教學，不苟求「得天下英才而教之」，但求「有教無類」，且講求「因材施教」，因應學生不同的「多元智能」來調整教學。

教師本身因為已經習慣，時常會自然而然的選擇自己的優勢技能來進行教學，比方說教師在教室內最常用的教學方法，通常就是自己最擅長的，像是語文與口語表達能力佳的老師，就會經常使用「聽說教學法」、「講述教學法」，久而久之，已經習慣此種教法，因此不管教授哪一門課，或是教授不同年級的學生、不同能力的孩子，都會用同一種教學法，讓學生適應老師的教學。

因此，老師必須要能夠反省自己的教法以及教學策略。至於如何調整與改變教學方式，則可以透過研習與進修，

與不同的老師交流互相分享，藉此讓自己的教學方式更多元，以更符合學生不同的學習風格與多元智能。

過去的教學以教師為中心，教師使用單一且習慣的教學法，因此，學生必須視教師的教學方式來調整學習風格，然而，並非所有學生都能夠表現良好。

現在的教學應以學生為中心，考慮到學生的多元智能以及不同的學習風格，透過適性化的教學方式，發掘學生潛在的多元智能，教師應以不同的教學方式來配合學生的學習，教學法要多變化，非但要改變教學方式，且要活化教學，使更多學生受惠。萬萬不可以過去的知識與教學方法，教現在的學生去適應未來的生活環境。如此，才有辦法盡量照顧到每一位孩子。

口語表達起手式：練習打招呼

開學第一天，始業式後緊接著開始上課。

第一堂是小一新鮮人的閩南語課，這也是小朋友們除了導師上課之外，所接觸到的第一堂課，因此，這一堂課就顯得非常重要。如果讓小朋友覺得學習超有趣，就可以因此幫助學生們喜歡學習，愛上學習。

課本裡的內容提到：

阿爸阿母再會，

我欲來去讀書，

老師教我愛好禮，

你好多謝真歹勢。

教導小一新鮮人的課文，內容是關於禮貌，這也是小朋友今天在學校生活的寫照，許多爸媽第一天帶小朋友到

校上課，還依依不捨的在教室外面看著小寶貝上課，但還是得要學會放手，爸媽們還是跟小寶貝揮手道再見，離開了學校。簡單的課本內容，但是深具意義。

這是語言的課程，如果單純唸讀課文介紹內容就太可惜了，所以一定要藉此教小朋友們互相認識，並且可以鼓勵學生愛上學、勤讀書、有自信、友愛同學。

從禮貌培養切入，在小朋友學習的起點就培養好的禮貌，具有好的行為表現，是教師必須教學生的。

「你好」、「多謝」、「真歹勢」，這是在學校生活裡最常用到的三句日常對話，我讓學生在教室裡真實的演練，也看到了小朋友天真活潑的學習表現。比較不一樣的是我們今天用的是閩南語，想到小朋友們回到家，可以有自信的跟爺爺、奶奶、爸爸、媽媽用閩南語自我介紹，說出自己的名字，並且說自己喜歡上臺、有禮貌，心裡不自覺的就感到非常興奮。

為了讓學生們練習打招呼，並將這三句話時常掛在嘴邊，因此設計了一個活動，讓學生完成任務，並且可以找

到夥伴進行互動練習，如此一來，學生就不會因為陌生或是不習慣而忽略了禮貌。

　　課堂上看到孩子們喜歡上課的眼神，還有對於學習的期待，每一位孩子都是獨一無二的，看到孩子的優點，給予肯定鼓勵，陪伴孩子學習成長，期待孩子們在學習的路上，可以勇敢大步向前行。

透過說話學寫作文

　　三分鐘內要完成演說題目，對國小學生來說，若是沒受過訓練，單單要完賽就有些難度，如果要把題目說好，就真的不太容易。

　　三分鐘所說的話，如果換算成文字，大約要有四、五百字左右的內容，這考驗著學生平時的作文能力以及說話能力，必須要能夠針對主題進行發揮，所以平時就必須經常進行練習。

　　另外，是否可以就題目來進行發揮很重要，比如說「在校園裡最常見的人」，我聽到學生大概都說是校長、老師、同學，但卻沒有把「最」給提點出來，雖然有帶到邊，但卻沒有切中主題，稍微可惜了一點。

　　在三分鐘演講的結構部分，大致上就如同學生在寫作文一樣，花最多時間在第一段的內容構思上，卻忽略了後面的內容結構該如何安排，所以總給人虎頭蛇尾的感覺，

或是講到最後不知道如何結尾，沒有把題目完全說完就下臺了，這也是可惜之處。

關於內容方面，要能完整呈現所要演說的題目，內容的鋪陳就很重要，此時可以善用譬喻，或是說說自己生活周遭所發生的事情或故事，都能讓內容更言之有物。

最後，演說的氣勢也相當重要，可是鮮少看到學生能夠征服舞臺，因為大部分都是第一次上場，如果家長或是老師沒有先給予試講的機會，教學生上臺時該怎麼開場，儀態及站位如何展現，就很難看到學生有令人滿意的表現。

比賽結束後，我看了小朋友準備的草稿用紙，有幾位小朋友使用心智圖來進行構思準備，相當棒的方法，且能有系統有條理的進行分析，如此一來，就能在實際上場時做系統化的陳述，真的太令我佩服了。

回想我還是小學生的時候，真的沒有這樣參加演說比賽，在群眾面前公開說話的機會，當時的我甚至還不敢主動報名參加比賽呢！

而今天參加比賽的小朋友都相當棒，因為他們已經做

到我當年不敢嘗試挑戰的事情了，相信未來他們一定會表現得越來越好。

說話，是一輩子的能力，如果可以從小開始培養，假以時日，一定可以在各場合發揮「說話力」。

我的小心得

第四章

玩桌遊，學作文

活用輔具，建立讀寫鷹架

　　十二年國教新課綱在 2019 年 8 月正式上路，素養導向的課程與教學，是本波教改的主要重點，讓學生可以在學習中以正確的態度獲得知識，學到相關技能，並且應用在生活中，成為終身學習者。

　　因此，除了讓學生學會課本裡的知識及老師所講授的課程內容之外，老師的活化教學及學生同儕間的互助合作學習，也是另一重要的關鍵。老師除了運用既有的教學方式之外，也可嘗試在課堂教學之中運用輔具，嘗試讓學生學習可以有更多元的方式。

　　近來許多老師嘗試研發各種可以思考幫助學生有效學習的新的策略，並且運用更多元的素材進行備課，藉此讓每一位學生想要學習，進而有效學習。在此，將說明輔具在國語科教學上的應用及分享我在課堂上的教學實務。

輔具是什麼

國語課堂的進行，老師除了可以使用教師手冊及課本上課之外，也可使用其他可以輔助教學、讓學生更方便學習的物品，這些有助於教師教學及學生學習的物品，即稱為「輔具」，輔助教學及學習的器具之意。

常見的輔具包括電子白板、電子書、課本附件、圖卡、字卡、課文海報、長短句型牌等，這些都是常見的輔具，另外有些老師也會自製教具，或是提供使用桌遊遊戲卡等作為學生學習的輔具，讓學生可以透過操作進行學習。

輔具的功用

課堂上老師所準備的教具、讓學生可以操作使用的器材，都可以稱之為輔具，這些輔具的功用，主要是可以幫助學生理解，或是用以解釋複雜概念，或是強化學生的認知，增加感官的刺激。

以上主要是從自主學習的面向來解釋，若是從互動學習的面向來說明，則可以幫助學生建立學習鷹架，讓學生

可以更容易進行討論、相互合作，一起完成課堂學習任務，
也可以作為分組合作學習之用。

　　透過輔具的介入，讓學生在上課時除了課本及筆記本
的使用之外，也有其他可以參考或是使用的物品幫助學習，
讓學習不再只有課本，讓學習不再只是老師講、學生聽。
老師講述及寫下重點，學生摘錄筆記重點；老師講解釋例，
學生進行認知及理解。

　　課堂上因為有更多輔具的使用，可以讓課堂教學更多
元，讓學生的學習樣態更多變化，藉此讓不同學習風格的
學生，都有機會嘗試不一樣的學習方式，進而找到更適合
自己的學習方式，強化自己的學習，豐富學習歷程。

輔具應用的原則

　　基本上，輔具使用主要是看老師在課堂上的需求，不
一定每一堂課都一定要特別使用輔具，主要是用以幫助學
生學習，讓學生的學習更有效率，可以視教學目標的設定
及老師的課程設計所需配合應用。

　　舉例來說，若老師想要進行合作學習，讓學生倆倆互助，或是以小組的方式來完成報告，這時候老師可以準備小白板、麥克筆或是壁報紙及彩色筆，讓學生可以更方便討論，更具體留下討論的歷程，在進行報告及展示時，可以更方便讓全班同學看清楚所欲表達的內容。

　　另外，如果老師要進行多元評量，可以透過遊戲的方式進行教學，除了讓學生自己完成課本及習作的作業之外，也可以讓學生使用自己的課本附件，與其他同學一起進行多人的互動遊戲。這時候，學生可以使用課本所附的卡牌進行相關活動，有助於學生互相檢證學習的成效。

　　老師也可以透過平板電腦或是 iPad 連上雲端，透過資訊融入的方式，以 Kahoot、Quizs 等線上即時互動評量的軟體或是 App，進行立即評量及評量結果展示，這都是有助學生學習的輔具應用。

　　輔具的使用，主要是看老師的教學需要，依據教學目標來考慮是否需要使用，老師不必為了使用輔具而特別花時間在課堂上，不然會因此花更多時間，而讓教學進度有

所延誤，記得以學生為中心來思考，何時使用輔具可以發揮最大的效用為原則，進行教學上的輔助。

目前教學現場流行的輔具介紹

目前在許多社群媒體上，可以看到老師們分享教學案例，不管是從課本內容出發，設計別出心裁的教具，如可以讓學生 DIY 的教具材料包，或是搭配節慶可以使用的素材，如聖誕節的刮畫板，或是可以集眾人之作品完成一顆聖誕樹的手掌卡片，都是在各大社群媒體上可以看到的輔具。還有很多人嘗試使用全黑板投影或是 AR、VR 等資訊應用，都是目前流行的輔具。

另外，在國語科的讀寫教學上，也有許多輔具的應用，例如小白板、便利貼、情緒卡、讀寫板、課文摘要模組，以及各式各樣的桌遊等，都是目前可以看到老師們正在使用的輔具，透過這些輔具的使用，可以讓老師的教學更方便，且可以讓學生的學習更有效率。

化抽象學習為具體操作，
讓學習不再只有想像

在語文課堂上，教學輔具的應用，可以讓學生的學習更加多元，也可以讓抽象難以理解的內容，在輔具的幫助下，更具體的學習，且可以節省時間。

例如在進行閱讀理解或文本內容深究時，有了情緒卡或是讀寫板的使用，可以讓學生在辭彙及語料有限的情況之下，盡可能的去尋找更適合的答案。

如學生在閱讀課本內容後，發現該段內容大意是在講有關「快樂」，而讀寫板上有許多與快樂相似的詞語，像是「興奮」、「高興」、「雀躍」、「歡愉」、「愉快」等與快樂在程度上有所不同的相似詞，讓學生可以進行選擇及判斷，藉此擴大學生的語詞量並且延伸學習，建立學習的鷹架，讓學習不再只有想像，而是有更多可以自主思考、主動探索的元素出現。

　　另外，在讓學生進行口語表達或是造句練習時，可以使用情緒卡牌或是提供更多元的語料庫供學生選擇使用，則有助於學生的表達更豐富，語詞的使用更精準。

　　例如許多老師在進行的六星級造句法，就是在學生既有的造句表現上，給予形容詞卡牌的延伸使用，或是讓學生挑選使用適合的情緒卡，以擴增原本的句子，讓造出來的句子更有深度、更有亮點。

　　也因為輔具的使用，讓學生的學習更有依循的脈絡可循，不再只是疑惑不知所措，徒具想像。最重要的是可以幫助學習比較落後的學生，讓這些學生因為輔具的使用及老師上課方式的改變，得到同學的協助，並讓自己在獨立學習時有更具體的輔助物品，來幫助自己學習。

透過輔具進行讀寫教學

　　我在過往的教學歷程之中，發現有些學生的學習快速，老師講解課文之後，很快就能掌握到課文的主旨以及文章各段落大意，但是有些學生則必須反覆閱讀許多次，並且在老師的引導之下，才能慢慢的發現作者所要表達的心意。

　　另外，在進行造句或照樣造句時，受限於語料、生活經驗或是閱讀量的不足，總是以固定的模式進行造句而無法突破。因此，除了改變教學方式之外，也要試著以各式各樣的輔具應用在課堂教學之中。

　　例如在讓學生進行各段落大意的摘要時，採分組討論，讓小組成員先將自己的想法寫在小張的便利貼上，再將每個人所寫的便利貼紙集合起來，討論後摘要寫下小組共同的答案。此舉有助於擴大學生的觀點及補足個人描述的不完整，通力合作，將答案寫在小白板或壁報紙上並畫上插畫，最後嘗試說說看共同的想法，與其他組同學分享。

輔具的適當使用讓教學更多元、學習更有效

　　教師依據課程設計的需要及教學目標訂定，在教學時構思教學活動，發想可以幫助學生學習的各式輔具，除了可以讓教學現場的教學更豐富多元之外，更可以讓學生在學習時展現各種學習潛能。

　　除了以既有的學習模式學習，更會因為有輔具的介入，多了些動手操作及小組討論，讓學習更有趣，讓學習更不一樣。除了自主學習之外，也學習溝通互動及互助合作，藉此將課堂所學應用在生活中，發展自己的多元學習技巧，成為能主動學習、喜歡學習的終身學習者。

透過桌遊互動學作文，有趣又有效！

　　桌遊近來超夯，花樣琳瑯滿目、五花八門，其中有好幾款簡單易上手的遊戲，不但熱賣，也成為學生耳熟能詳的共同遊戲。綜觀孩子在遊戲時的神情與專注度，老師當然可以讓遊戲不只是遊戲，還可以讓孩子在遊戲中學習，如此一來學習更投入，又有伴可以一起學習，寓教於樂，達到精熟學習的效果。

　　我當然會結合時下流行的桌遊概念，融入閱讀與寫作的練習。在此舉記敘文為例，分享幾個在課堂中可以設計的桌遊寫作文的教學方式給老師們參考。

　　記敘文之中，有順敘、倒敘、插敘……等等，其中很重要的是時間點，可以透過這個活動，訓練學生的邏輯概念，並且熟悉記敘文該如何書寫，所以在進行教學前，不妨讓學生先來解構課本裡的記敘文。

　　老師可以從課本裡找出一篇記敘文的課文，試著把課

文節錄下來，並且製作成四張卡片，隨機混合後讓學生進行閱讀後排序，藉此來練習時間軸的概念。從文字的閱讀中尋找關於時間的相關字詞，給予的線索可以從多到少，然後留下關鍵字，最後找到詩眼。

老師可以試著從古詩或是唐詩中選材，一樣可以將詩製成卡片，將完整的文章內容或是詩的內容化整為零，讓孩子試著自己閱讀後，根據理解進行預測，排出正確的順序後再自行對答案。

此舉也可以練習前後文的文意關係，以及上下句的邏輯與因果關係。當然也可以增加難度，進行段落文章的關係整合，先破解既有的文本，然後解構找出重要的關鍵字及時間軸，再來進行寫作的仿寫練習或是關鍵字使用造句練習。

當然也可以進行合作學習，老師選出一篇記敘文的課文，找出其中一個段落，逐句剪下做成卡片，讓學生一起來接龍，互助合作。每個人透過遊戲的方式相互協助，將完整的段落排出來，互助分工完成任務的同時，已經在進

行相互檢證，彼此互為鷹架的學習歷程。

　　此舉有助於學生主動閱讀，嘗試接續文意的練習，而且遊戲可以反覆進行，直到精熟。

　　若採用此種作法，則可以透過閱讀來強化寫作能力。常常在學生的作文簿裡，會看到老師批改的回饋通常是文意不通順、邏輯有問題，但是以這樣的教學方式，可以讓學生以過去所學的相關知識及日常生活中的經驗進行檢核，讓遊戲更有趣，也讓學習更有效。

　　結合說話遊戲，可以增進學生的作文能力，所以我們可以設計口說作文的教學活動。怎麼進行呢？我在過往的教學活動中，時常透過「很久很久以前」這個活動，進行人、事、時、地、物的口說練習，也藉此幫助學生進行「5W1H」的思考法的應用，受到學生喜歡。

　　也藉由這樣的活動，幫助學生增加聆聽、說話與思考的練習。我高中時做過看圖寫作文的活動，參加英語或是其他語文檢定，也會有看圖說故事的類似題目，沒有做過相關練習的學生，看到圖片可以表現的內容有限，文思枯

竭；而有受過相關訓練的學生，則可以文思泉湧，可以不斷的看著這一張圖進行無限想像，就有限的圖像訊息，講出自己想出來的完整內容。

要讓學生可以看圖說故事，並且有源源不絕的想法，必須要先教學生圖像式的聯想，就好像拼圖一樣，我們只看到其中一片，但是可以自己創造其他上下左右的許多片，這樣就有四個方向可以進行聯想，並做完整的陳述。也可以透過電影拍攝手法，先看局部再看全部，或是先看全部再看局部的方式，zoom in、zoom out，這兩種由小到大或是由大到小的思考方式，完成所看到訊息內容的表現。

抽語詞或是抽生字來造句，參與遊戲的每個人都抽一張牌，然後造詞並寫在紙卡上，自己再利用這個詞來造一個句子。最後，參與遊戲的所有人，一起利用這些句子形成一個有意義的段落。

此時自然會發現，要把這些句子拼湊在一起，並且是有意義的片段，必須要使用到連接詞，老師可以準備很多的連接詞讓學生們選擇，運用這些連接詞，將每個參與遊

戲者的句子連結在一起，並且可以進行邏輯檢核，進行因果句、複句或是條件句的練習。從個人的自學到小組互助合作，一起學習一起進步，一起從遊戲中愛上學習。

作文之所以讓孩子視為學習上的畏途，是因為當自己在學習時遇到困難不知如何是好，如果可以在學習的過程中，有夥伴可以一起努力、一起合作，遇到困難時將不再可怕，因為只要花時間討論，只要彼此協助，就可以將困難解決。

遊戲很重要的元素就是競爭與合作，並可以讓遊戲者想要再玩一次，甚至想要玩很多次。透過這樣的方式反覆練習，累積很多基本的能力。

例如人、事、時、地、物的練習，5W1H 的練習，將寫作文的重要關鍵能力透過遊戲的應用逐漸積累，並透過桌遊活動的進行，完整的驗收學生的學習成果，有趣、有效又有用，老師們不妨嘗試這樣的教學活動看看。

桌遊課程教學

　　相較於一般的課堂作文教學，透過桌遊來進行學習學生反而更容易接受，由於是遊戲的形式，所以有夥伴可以互動討論，降低學習的焦慮感。另外可以動手操作，藉由一次又一次的遊戲練習，達到具體操作的學習精熟。

　　坊間有許多類型的桌遊，可以參考作為教學上的使用，在此分享的桌遊，主要是以卡牌類的遊戲為主，因為卡牌方便拿取，在課堂上使用效率高，且每位參與遊戲的同學都可以有高度的參與感。當卡牌拿在手上，全神貫注在卡牌上的內容時，學習已經開始，且會持續到遊戲結束。以卡牌作為作文教學的輔助道具非常好用，且玩家之間的互動性高，可以彼此互相檢視與討論，讓學習成效提高。

　　以下分享的幾個桌遊教學活動，都是在課堂中可以加以應用及轉化的遊戲，分別為「我手寫我口」、「短話長說」及「撿紅點」，依序分別說明了活動流程，以及教學活動

後的省思及延伸，可以自行參考使用或是轉化成其他的遊戲讓學生玩。

一、我手寫我口

1. 卡牌介紹

(1) 普通卡牌：

卡片上面有各式的主題圖案，可依教學主題的更換，例如風景或是在某個特定地方的人物或動物。也可以在卡片上面設計成一段話或是一個句子，卡牌數量可依參與遊戲人數來進行調整，若是四人對戰，則可以準備 52 張，遊戲開始每人發給 3 張，剩餘的卡牌則放置在桌上，另外桌上會預先放置 52 張情緒卡牌及連接詞卡牌（12 張，數量可以隨意增減）供後續遊戲開始抽牌搭配使用。

(2) 情緒卡牌：

情緒卡上面寫著各種形容詞，例如：開心的、難過的、快樂的、憤怒的……等等。

(3) 連接詞卡牌：

卡牌上寫有各式連接詞，例如：然後、因為…所以…、接著、最後……等等。

遊戲開始每人手上有 3 張卡牌，玩家先就所發給的卡牌進行閱讀，然後遊戲開始。每人將所拿到的牌放在桌面上，利用所拿到的卡牌進行看圖說故事，然後由桌上在抽取一張卡牌進行看圖說故事，下一回合開始抽一張情緒卡，搭配著手上的卡牌看圖書故事，反覆練習著看圖說故事的練習，並加入情緒反應以讓說出來的故事更不一樣。

遊戲過程中，普通卡牌、情緒卡牌及連接詞卡牌最後會同時使用，以讓玩家可以增加口說故事的豐富性，反覆多玩幾次後，可以精熟句子的唸讀跟造句的能力。

2. 活動流程

發牌：（普通卡 X3）

→試著將手上拿到的牌卡看圖說故事

→增加一張牌卡，將手上拿到的牌卡看圖說故事（普

通卡 X4）

→拿走一張牌卡，將手上拿到的牌卡看圖說故事（普

通卡 X3）

→增加一張情緒卡（共 52 種），將手上拿到的牌卡看

圖說故事（普通卡 X3、情緒卡 X1）

→增加一張情緒卡（共 52 種），將手上拿到的牌卡看

圖說故事（普通卡 X3、情緒卡 X2，不可重複）

→增加一張連接詞，將手上拿到的牌卡看圖說故事（普

通卡 X3、情緒卡 X2，不可重複，連接詞卡 X1）

PS：

＊增加或拿走的牌卡可以隨意移動，並視學生需要修改句

子。

＊情緒卡及連接詞卡可以隨意擺放，語句通順即可。

3. 活動省思及延伸

(1) 採遊戲方式進行課程，能吸引學生，學習動機自

然就高，讓學生喜歡學習。

(2) 普通卡可以依照領域進行調整更換或融合。

例1：語文領域，圈詞、單字；

例2：數學領域＋語文領域：我、2個、氣球、可愛的→我手上拿了2個可愛的氣球。

(3) 可以增加形容詞卡、動詞卡，使文句擴寫更豐富，

例：我、氣球、可愛的→我手上拿了可愛的氣球。

(4) 小組活動方式進行：先以2人一組方式進行，試著將2人手上所有牌卡（普通卡、情緒卡、連接詞卡、形容詞卡、動詞卡）以句子方式陳述，而且所有牌卡都要使用，然後將句子寫在小白板上（2人都要寫在白板上）。小白板完成後，相互將白板上的內容敘述唸出來，並檢視語句順暢度，若不順暢，可以如何在不改原本意思下進行調整，以不同顏色白板筆記錄。保留原本句子，同儕相互評量，視學生學習狀況，進行人數、牌卡調整。

(5) 依照牌卡類別進行顏色分類，以利活動操作使用，

或加上表情圖案在牌卡上，如此一來，學生可以
依據牌卡上的圖案顏色，快速辨別及了解難以解
釋的情緒感受。

(6) 反覆多次的遊戲進行，可以精熟句子的唸讀及造
句能力的提升。

二、短話長說

1. 卡牌介紹

(1) 五字箴言牌卡：

卡牌上寫著各種主題的五個字，例如「上課要專心」、
「唱歌真有趣」等設計好的牌卡，數量不限，可以依參與
遊戲的玩家人數而定。

(2) 語句解釋牌卡：

卡片上有著與五字箴言牌卡相對應的語句解釋，例如
「上課的時候要專心聽講，認真學習」，這就是對應著「上
課要專心」的解釋牌卡。

(3) 地方牌卡：

　　卡片上寫著地方，例如「學校」、「公園」。

　　遊戲時玩家可以使用五字箴言卡牌、語句解釋卡牌以及普通卡牌進行各種遊戲，目的在於讓玩家可以藉由卡牌的組合進行造句練習及完整的語意描述。

2. 活動流程

　　分類牌卡（所有主題、五字箴言牌卡及語句解釋牌卡混合，依照字數或主題等進行分類）

　　取牌 X2，依照內容主題，如學習，環保，常規等，先擇一主題，將五字箴言及語句解釋牌卡混合。

　　→試著將拿到的牌卡組合成一個句子（普通卡 X2）

　　→增加一張牌卡，使用手上拿到的牌卡看字說句子（普通卡 X3）

　　→增加一張牌卡，使用手上拿到的牌卡看字說句子（普通卡 X4）

→依照上下位概念進行手上牌卡調整，如五字箴言牌卡在上，語句解釋牌卡在下等方式。（普通卡 X4）

→增加一張牌卡，使用手上拿到的牌卡看字說句子（普通卡 X5）

→拿走一張牌卡，使用手上拿到的牌卡看字說句子（普通卡 X4）

→依照上下位概念進行手上牌卡調整，如五字箴言牌卡中何者更為重要為上。（普通卡 X4）

→增加一張連接詞，使用手上拿到的牌卡看字說句子（普通卡 X4、連接詞卡 X1）

→將手中牌卡敘述完畢，老師視學生語句完成度適時引導，進行總結，例：「所以，這句話的意思是在說……」、「除了剛剛所說的方法，我們還可以怎麼做呢？」

→所有主題，五字箴言牌卡及語句解釋牌卡混合，依照活動流程，及學生學習接受度進行擴增。

→再次遊戲。

PS：

＊增加或拿走的牌卡可以隨意移動，並視學生需要修
　改句子。

＊地方卡及時間卡可以隨意擺放，語句通順即可。

3. 活動省思及延伸

(1) 採遊戲方式進行課程，能吸引學生，學習動機自
　　然就高，讓學生喜歡學習。

(2) 牌卡可以依照領域進行融合，例：健體領域（健
　　康身體好）結合綜合領域（常規教學）

(3) 可以增加地方卡、時間卡，使文句擴寫更加豐富，
　　例：健康身體好、家裡、早上→每天早上要從家
　　裡出門時，爸爸都會提醒我，要時常運動，才會
　　健康身體好。

(4) 分類，選擇牌卡及分上下位概念時，學生為了語
　　句順暢及概念相關，會進行思考，手上牌組何者

與主題相關性較低或是無關，而將牌卡一再檢視，進行思考及確認。

(5) 小組活動方式進行：先以 2 人一組方式進行，試著將 2 人手上所有牌卡（普通卡、地方卡、時間卡）以句子方式陳述，而且所有牌卡都要使用，將句子寫在小白板上（2 人都要寫在白板上）。小白板書寫任務完成後，相互敘述唸出句子，並檢視語句順暢度，若不順暢可以如何不改原本意思進行調整，以不同顏色白板筆記錄。保留原本句子，同儕相互評量，視學生學習狀況，進行人數、牌卡調整。

(6) 依照牌卡類別進行顏色分類，將表情圖案添加至牌卡上，學生可以依據牌卡上的圖案顏色，快速辨別及了解難以解釋的情緒感受，方便遊戲進行反覆操作。

(7) 學生最後將保留的牌卡編成歌曲，琅琅上口，哼唱同時又再次複習主題內容。

三、撿紅點

1. 卡牌介紹

(1) 圖片卡：

　　卡牌上有著各種圖案，另外有著與之配對的單字卡，上面寫著英文的單字，或是國語的字詞。

(2) 單字卡：

　　卡牌上寫著英文單字，或是國字的字詞，可以與圖片卡配對，每一張圖片卡對應著一張單字卡。

　　所有的卡牌使用四種顏色的紙牌來製作，透過顏色的區分，方便玩家進行遊戲。

2. 活動流程

　　將圖片卡、單字卡牌卡混合後發牌（混合卡 X4）

　　→依照手上牌卡顏色分類（紅、黃、綠、藍），顏色配對不可落單，同一顏色至少 2 張以上，狀況如下：

　　(1) 抽一張牌卡，若手上拿到的牌卡是 3 黃 1 藍，且抽到的牌卡正巧為黃、藍色→ win，須唸出所有

單字。

(2) 抽一張牌卡，若將手上拿到的牌卡是 3 黃 1 藍，
　　且抽到的牌卡為紅、綠色→丟出一張不需要的牌
　　卡繼續抽牌卡（手中保留 4 張牌卡）。

3. 活動省思及延伸

(1) 採遊戲方式進行課程，能吸引學生，學習動機自
　　然就高，讓學生喜歡學習。

(2) 將遊戲改為心臟病遊戲，抽取桌上牌卡，依照顏
　　色紅、黃、綠、藍順序說出英文：red、yellow、
　　green、blue，當翻出牌卡與學生口中顏色相符，
　　拍打牌卡，最慢者拿取拍打的牌卡；當翻出牌卡
　　與學生口中顏色出入，拍打錯誤者，牌卡屬於誤
　　拍者。當桌上牌卡發完之時，數手中牌卡，並一
　　同唸單字，牌卡數量少者為贏家。

(3) 牌卡可以依照領域進行調整更換或融合，例 1：語
　　文領域，圈詞、生字；例 2：數學領域＋語文領域：

桌上、2個、圓形、橡皮擦→桌上有2個圓形的橡皮擦。

桌遊課程教學心得

備課投入，教學才能深入。桌遊課程教學又再次印證這句話。為什麼這樣說呢？學生時期的印象，寫作文，是一項非常困難的作業，無論是課堂需完成或是當作回家作業，都費時許久，原因總是不知道要寫什麼！

所以，當自己成為老師後，一直都覺得教作文、改作文是件非常困難的事，即便自己還沒有改作文，但聽到老師們對於改作文有一致性的共鳴——非常痛苦，自己便十分害怕。因為害怕，所以不敢前進，不知道怎麼前進幫孩子！

但是以遊戲式的課程進入教學，學生參與度高，喜歡玩，樂於玩，自然在遊戲過程中主動將遊戲過程所需檢視資料一項一項思考、分類。

不知不覺中，學生已經有所產出，能夠透過腦中思考、

分類，並且敘述出來，就能夠達到「我手寫我口」。

　　然而這樣的過程並非一蹴可幾，需要一點一滴的累積，那麼，可以在哪裡累積？答案當然是回歸到教學現場，用心於學校事務，就會有所獲得。用心看待學生生活常規、課程教學及綠色校園等環保議題，其實，無一不是在校園中發現的。桌遊式的作文教學活動觸動我的神經連結，使我發想到其他遊戲課程設計，不一樣的教學方式，成效如何，觀察孩子的反應最為真實！

　　學生喜歡玩，喜歡說故事，當然將學習主權歸還給學生，讓學生自己動手操作成效及成就感遠大於老師講述式教學的收穫。

　　此外，活動進行採用漸進式，圖片和文字接受度高低，學生會選擇前者較高，所以依照圖片看圖說故事逐漸轉換為文字說故事，更是符合學習歷程！

　　有趣的課程設計，老師認真教，學生願意主動學，其實已經達到有效教學，老師檢視學生學習成效方法有許多種，或紙本，或提問，更或者是透過學生同儕交流間的互

動，老師已經將評量檢視，讓學生快樂學習！

看到學生快樂學習，學習成效也是良好的，對老師而言，無非是一大成就感！

來上一堂破壞課：牌卡學習輔具教學示例

　　Robinson 指出，過去的教育為引導學生對未來的職場技能預做準備，但未來的教育必須不一樣。

　　21 世紀人類面臨嚴峻挑戰，最理想的未來資源是磨練人類自己的想像力、創造力和創新力；相對最大的風險，在於面對未來時，無法充分投資於開發這些能力。因此，必須將開發想像力、創造力和創新力，列為教育和職業訓練的首要目標。

　　在 Robinson 的觀念裡，這些面對未來的轉變，包括社會、產業和經濟，也包括創意產業，但未來最大的問題，在於學校不能提供受教者所要面對未來的能力。

　　他認為，教育的目的不再是培養可以工作、有技術的人，而是有創意的人。學校教育必須走出工業時代邏輯，因此在世界各地都有許多老師不斷思考與改進教學方法，希望這些改變能夠帶動整個教育體制的翻轉。

　　而 Drucker 對於「創意型社會」的觀察指出，教育除了為新產業培育人才，更必須創造這些產業的社會條件與基盤，培養能夠適應變化、具創造力的人才。

　　而臺灣教學現場也順應這樣的趨勢，這幾年基層教師為了讓學生學到新能力，紛紛發展出許多新教學方法。包含翻轉教室、MAPS、學思達、數學咖啡館、PBL 教學和差異化教學等教學法興起，堪稱百花齊放，但它們卻享有共同目標：以學生為中心、教導帶著走的能力，而且不放棄任何一個孩子。

　　有人統稱這些都是翻轉教育、創新教學。

　　隨著教師社群和公開觀課等模式興起，加上一群熱血老師全臺四處傳唱，共同促成這波創新教學浪潮。然而創新需要有知識與理論的基礎，且當我們疾呼要培養學生「帶得走的能力」、「具備核心素養」，「創新教學」實在意義重大，不容小覷。

　　因此也看出，創新教學不但是教學上運用新的方法、策略及過程，更重要的還需有正向的結果產出，就是使學

生學習興趣提高，才算得上創新教學。

既然要談教學創新與轉型，接著利用哈佛大學教授 Clayton Christensen 的「破壞性創新理論思維」為架構，並以國小國語科教學為例，發展牌卡輔具在閱讀、寫作上的應用實例。

Clayton Christensen 以全新的角度和嚴謹的分析，將創新對企業的作用做出深刻的探討，根據 Christensen 的看法，企業的創新有兩種型態，一種是「維持性（sustaining）創新」，一種是「破壞性（disruptive）創新」。

所謂維持性創新，又稱為漸進式或連續性創新，即在現有的技術基礎上開發，以求提供性能更好、更高價的產品給高階顧客，獲得更高的利潤。而在維持性創新的競賽中，贏家多半是現有市場的在位者。

至於破壞性創新，則是一種非連續性的創新，開發不同市場，以求銷售更便宜、更簡單、更便宜的產品，破壞現有市場競爭模式與遊戲規則，提供給新客戶或要求較不高的客戶。對新進者而言，採取這模式，或許有機會顛覆

傳統，挑戰現有市場的在位者，取得成功。

雖然，創新的方向有所不同，但創新的目的都是在維持產業的持續成長，提高獲利程度與市場占有率。而對創新者而言，是應該將現有明星產品做得更好，也就是做好「維持性創新」，或是破壞現有的性價比、破壞現有市場競爭模式與遊戲規則，發展出更便利功能、更簡單、更便宜的產品，也就是朝「破壞性創新」方向前進？這使創新者處於兩難的狀況下。

而從歷史的經驗來看，Christensen 則說明，大企業往往基於現實與眼前的利益，安於現況，僅靠維持性創新來發展現有的明星產品，忽略在當下會造成虧損，或是僅有的微薄利潤的破壞性新產品，也因此往往會被開拓破壞性創新的小公司後來居上。

Christensen 認為在破壞性創新的技術下，提供產品的性能並不完美，但可以滿足客戶的需求，一旦這個破壞性創新技術在新市場或低階市場占有一席之地，創造出新成長市場之後，將改變市場競爭基礎，產品結構逐漸進入規

格化，產業朝反整合方向發展。

然後，在初期不完美但尚可的創新必須經過不斷改進，以逐步切入更高階市場客戶的需求，此創新則屬於維持性創新，如此不斷輪迴循環，才能維持產業的持續成長，不斷提高獲利程度與市場占有率。

在開創新市場，提供破壞性創新之前，Christensen 也建議應該根據客戶所處的環境與需求來作市場區隔。換句話說，必須先瞭解客戶為何「需要」該創新，該創新又能帶給客戶多少價值及多少利益，這也是創新的用途觀。

雖然上述論點都是從企業，客戶的觀點出發，但亦可同時移植到學校組織中，若是將學生等同於客戶進行思考，當要進行教學破壞性創新，也應該要瞭解學生為何「需要」該創新，而該創新又能帶給學生多少幫助。

一、破壞性創新的教學思維

實務上，學校雖然所面臨的現實面不如商業界險峻，然而學校在變革競爭的環境下，創新也是學校能夠永續發展的核心。學校組織必須時時注意外在環境的脈動，掌握新思維，並整合至內部，面對新時代的創意經濟，更需要「教育的創新」，用創新方法改變過去教育的不足，適時進行教學上的創新，才能提高學校的競爭力。

Christensen、Horn 與 Johnson 於《來上一堂破壞課》（Disrupting Class）一書中，將破壞性創新的對象從商業轉到公領域——「基礎公立學校教育」。

Christensen、Horn 與 Johnson 指出，在原來的學校組織或制度中，只會產生「持續性創新」（sustaining innovation），例如電腦或電子書，進入原本的學校系統，只會成為豐富上課方式的工具，而不會帶來教育的根本突破，他主張用「破壞性創新」改變教育陳規和狀態。

Christensen 等人提出破壞性課程（disrupting class）概念，強調電腦和網路可以對教育造成「破壞性創新」。

根據 Robinson 的觀點，許多教育內部的創新（他所指即是「持續性創新」）並不能澈底改變教育。

如同 Christensen 等人研究指出，既有組織會限制改變的規模，但世界有越來越多前所未見的問題必須解決，必須積極培養具創意的人才，「教育的創新」因此更顯得重要。

「教育的創新」透過不同於傳統教育制度的「破壞性創新」而發生、完成，這種創新的成果一旦滿足了教育系統本身的需求而被接納，就會成為教育「持續性創新」的一部分。

Leadbeater 與 Wong 用一個 2 乘 2 的矩陣，描述四種教育創新模式，包括正式教育、非正式教育中的「持續性創新」和「破壞性創新」，如下圖：

分類	正式教育	非正式教育
持續性創新（Sustaining Innovation）	改善（Improve）	增補（Supplement）
破壞性創新（Disruptive Innovation）	再造（Reinvent）	轉化（Transform）

Leadbeater 與 Wong 用這四種模式分別探討教育創新的方式和意義，四個模式定義如下：

1. 正式教育的持續性創新（改善模式）：透過學校課程或環境的改善，教師素質的提升及領導來改善教育。

2. 正式教育的破壞性創新（再造模式）：指正式教育制度之中，突破原本體制、學制或課程的創新教育，讓學生可以透過非傳統的入學、課程和學習方式進行學習。典型的例子就如同臺灣的華德福小學以及

其他具有正式教育性質的實驗學校。而學習方式的破壞性創新則如遊戲學習平臺（PaGamO），以線上遊戲來結合學習內容。

3. 非正式教育的持續性創新（增補模式）：學校與家庭、社區共同合作，創新教育。例如芬蘭 ARKKI 建築學校為此模式的代表，約有 350 位 4 到 18 歲的學生在放學後到 ARKKI 上課，學生被分成 4 到 6 歲、7 到 13 歲以及 14 到 18 歲的組別，孩子隨時可以加入。ARKKI 目的不是培養建築師，而是讓學生從遊戲中學習空間、環境、建築、設計概念，了解建築歷史和文化脈絡，實現想像力、創造力與合作的行為。

4. 非正式教育的破壞性創新（轉化模式）：強調學習方式的另類多元變革，非正式教育的破壞創新並不和主流的教育系統對抗，但發展出新的教育模式，甚至最後成為教育體制的一部分。例如 TED、開放式課程、Youtube 等。

二、破壞性創新的用途理論

Christensen、Hall、Dillion 和 Duncan 認為，破壞性創新思維雖然是改變企業或是學校能夠適應未來快速變動的環境，但是如何進行破壞性創新？且破壞性創新如何去滿足顧客的需求？

因此 Christensen 等人提出了破壞性創新的用途理論，聚焦深入了解顧客尋求進步的困擾，然後創造出適當的方案及對應的體驗，讓顧客每次都能完成任務。

將上述思維轉換到教學現場，教師進行教學創新的目的並非發展出一種與眾不同的教學方法，而是應該去思考如何幫助學生解決學習上的困擾，同時幫助他們完成指定的學習任務。

因此破壞性創新的用途理論運用於教學現場，也可以讓我們更清楚的知道「為什麼」及「如何」進行教學創新。

（一）有情境才說得出價值

假設學生經由教師的新教學方法或是教具的使用，可以比以往更有效率的學習，這對教師而言，可能在技術上是一項了不起的突破，但這有效率的學習對學生而言，價值又何在呢？

因此 Christensen 等人就提出，創新的價值得在情境中才有意義。也就是產品或是教學方法的創新一定要和特定的脈絡有關，這樣才能開發出成功的解決方案。

通常進行教學創新的教學者往往只依學生的特質、趨勢、反應等原則去追求創新，但卻忘記學生所處的情境脈絡和感受，不同的情境，會產生非常不同的需求，每個情境都是一個故事，每個故事都是一個「用途」。

能夠掌握確切情境，為此提供有效的教學方法，就能真正滿足學生的需求。

（二）創新要兼顧功能面、情感面與社會面

很多創新的設計或是創新教學方法，往往把焦點集中在功能或實務上的需求，但學生在情感面及社會面的需求可能遠遠超過功能面的需求。在破壞性創新用途理論中的功能面、情感面與社會面界定如下：

1. **功能面**：教師開發出創新的教學方法是為了什麼？要解決何種任務或困難？

2. **情感面**：學生對於教師所使用的創新教學方法的特殊情懷，或是情緒上的變化。

3. **社會面**：不同學校地區的文化、背景知識所帶來的影響。

因此教學創新不是只有思考解決某一項學習任務，而應同時思考教學創新可否也能滿足或刺激學生的情感需求與社會需求。

好牌在手，教學不卡卡：
牌卡輔具在閱讀、寫作上的應用

　　本示例是由我所開發的創新教學方法，主要藉由遊戲牌卡輔具來進行國小國語科教學，希望藉由遊戲牌卡輔具的研發以及教學策略的運用，以提升每一位學生的學習動機，進而達到有效學習。

一、「牌卡輔具」的好處

　　常有老師提「句型也會寫，結構也懂了，但學生的作文還是寫不好！」或「學生就是不會擴寫」等狀況，其實老師不妨在課堂教學中，善加利用「牌卡輔具」。

　　「輔具」的運用，不在考驗學生的學習或進行分組競賽遊戲，而是透過操作的過程，讓學生更精熟課文或寫作能力。

　　教師在備課和設計教學活動時，可利用課文文句或語

文知識，設計出輔助文意理解和寫作鷹架的「牌卡輔具」，並搭配學生程度，研發多樣實用的互動、操作型的教學方式，如此也更容易讓文本閱讀延伸到口說表達和寫作了。

在此分享幾項在課堂上簡單操作的教學實務活動，當然也鼓勵老師可以嘗試更多樣的教學方法。

二、「牌卡輔具」的應用：

以康軒國語三上第六課〈不一樣的捷運站〉為例：

（一）文意通通樂

1. 教學重點：熟悉文意、摘取重要句、重述課文、了解課文寫作特色等。

2. 牌卡輔具：將課文各段重要句子摘出七字句，並書寫在紙卡上，形成「七字句牌」。如下呈現：

第一段 6 張牌卡	第二段 8 張牌卡	第三段 8 張牌卡	第四段 6 張牌卡
如果來到 南港站	如果經過 南港站	圖案怎麼 做出來	如果還沒 到過站
走出車廂 看一看	走進站裡 逛一逛	繪本怎在 車站裡	找個時間 來走走
牆上長長 的繪本	這有驚喜 的創意	聰明人們 用科技	車站圖案 多有趣
魔女和列車 比賽	兔象陪你 走樓梯	先把圖案 比例放	繪本創意 多新奇
旅客和你 打招呼	小熊秋千 藏車站	然後分成 多小片	相信你會 喜歡上
故事主角 在眼前	可愛小豬 穿舞衣	最後一一 拼起來	不一樣 的捷運站
	抱月小孩 就像你	重現原來 畫作樣	
	歡抱最愛 的玩具	需要人力 和巧思	

3. 操作說明：

※ 打散牌卡：

在學生熟悉課文內容後，讓學生分組進行。將全部的七字句牌打散，隨機均分，發給各組學生，請各組學生檢視牌卡。以下玩法，可視學生的程度，決定是否可讓學生翻看課文來進行。

玩法一「還原課文」：

在黑板上寫上第一段、第二段、第三段、第四段的分區標示，讓各組將手上的牌卡，分別放在各段的標示之下。可以用抽籤或輪流方式進行。此玩法可檢視學生是否熟悉各段文句。

玩法二「句子接龍」：

類似撲克牌「排七」的玩法，先請學生將每段的第一句牌卡拿出來貼在黑板上，然後以抽籤或輪流的方式將各段後面的句子依序排出來。此玩法也可加強學生熟悉各段文句。

※ 不打散牌卡：

玩法一「重述課文」：

　　將課文各段的七字句牌，各小組選出四張或二張，如下呈現。接著請各組將選出的牌卡排列順序，以手上的牌卡當提示，試著用自己的話，重述各段文意。此玩法可練習記憶課文各段文意與訓練口說練習。

第一段	第二段	第三段	第四段
如果來到南港站	這有驚喜的創意	聰明人們用科技	找個時間來走走
魔女和列車比賽	可愛小豬穿舞衣	需要人力和巧思	不一樣的捷運站

玩法二「特色分類」：

　　請各組將牌卡以「事件」、「動作」、「形容／說明」和「感想」四種面向分類，可讓學生從分類中，看出各段的寫作技巧，和各段語句的運用巧思。

從這四個面向來分類，可讓學生知道寫句子或段落，需要哪些「組成分子」，也可藉此作為之後寫作練習的養分，如下頁呈現。

※ 牌卡的產生：

玩法「句子濃縮」：此是「七字句牌」的產生流程。讓學生分組分派負責一個段落，請學生將各段落內容中的重要語句找出來，並以「七個字」方式呈現，如課文第一段中第一句「如果你來到南港捷運站，一定要走出車廂看一看。」即可濃縮為「如果你來南港站」或「如果來到南港站」，意義通順即可，不用限制跟課文句子完全一樣。

此玩法可檢視學生是否會摘取重要句子或關鍵詞，建議可由老師示範第一段，或第一次操作時，先由老師提供七字句牌，待學生對重要句、關鍵詞更加熟悉後，再讓學生自己做出「七字句牌」。

	第一段	第二段	第三段	第四段
事件	如果來到 南港站	如果經過 南港站	圖案怎麼 做出來 繪本怎在 車站裡	如果還沒 到過站
動作	走出車廂 看一看	走進站裡 逛一逛	聰明人們 用科技 先把圖案 比例放大 然後分成 多小片 最後一一 拼起來	找個時間 來走走
形容 說明	牆上長長 的繪本 魔女和列 車比賽	這有驚喜 的創意 兔象陪你 走樓梯 小熊秋千 藏車站 可愛小豬 穿舞衣	重現原來 畫作樣 需要人力 和巧思	車站圖案 多有趣 繪本創意 多新奇
感想	旅客和你 打招呼 故事主角 在眼前	抱月小孩 就像你 歡抱最愛 的玩具		相信你會 喜歡上 不一樣的 捷運站

（二）寫作拉拉隊

1. 教學重點：運用課文句子，練習造句、擴寫、書寫
   短文、作文等。

2. 牌卡輔具：課文的七字句牌

3. 操作說明：

玩法一「句子打打氣」：

以各段前二個牌卡為提示，請學生續寫或加入句子中，
或用常見複句的「關聯詞卡」給予提示（鷹架）或限制（挑
戰），以口說或書寫方式，完成完整且通順的長句。

如下呈現：

如果來到南港站／走出車廂看一看：如果來到南港站，
請你走出車廂看一看，欣賞這些美麗的圖案。

圖案怎麼做出來／繪本怎在車站裡：如果你想知道
繪本怎在車站裡，這些圖案怎麼做出來呢？到南港站就知
道！（假設複句）

玩法二「劇情神展開」：

將所有的七字句牌打散、重新洗牌。

1. 初階：每人抽出一張牌後，利用牌卡的提示造出文意通順的句子（限制最少，造句）。

2. 進階：每組抽出兩張牌後，利用牌卡的提示造出文意通順的句子（增加一項限制，造句）。

3. 高階：每組抽出兩張牌後，利用牌卡的提示造出符合某個情境，加入複句、五個短句的通順短文（增加多項限制，短文）。

例如：小組抽出「如果來到南港站」、「圖案怎麼做出來」牌卡，情境要求為「下雨天」，複句是「遞進複句」，則小組可造出：如果下雨天來到南港站，不但可以躲雨，還可以好好欣賞車站裡的繪本圖案，並且知道那些圖案是怎麼做出來的。我覺得這樣的車站設計，真是令人舒服又享受！

玩法三「課文長作文」：

　　搭配「特色分類」的表格，讓學生練習以「不一樣的〇〇國小」、「不一樣的〇年〇班」或「不一樣的〇〇（家鄉名）」為題，依照課文結構或語句寫法，撰寫一篇作文。

第一段	第二段	第三段	第四段
如果來到南港站	這有驚喜的創意	聰明人們用科技	找個時間來走走
魔女和列車比賽	可愛小豬穿舞衣	需要人力和巧思	不一樣的捷運站

破壞性創新教學示例解析

上述示例是否符合教學創新，以下嘗試以破壞性創新思維為核心，並以破壞性創新的用途理論來進行檢視。

一、滿足功能面需求

國語課堂的進行，老師除了可以使用教師手冊及課本上課之外，也可使用其他可以輔助教學、讓學生更方便學習的物品，這些有助於教師教學及學生學習的物品即稱為輔具。

然而教師教學時，利用的學習輔具都是由出版社提供，例如電子書、課本附件、圖卡、字卡、課文海報、長短句型牌。本示例乃聯想到學生喜歡玩桌遊，因此嘗試自製桌遊遊戲卡做為學生學習的輔具，用以讓學生可以透過操作來進行讀、寫學習。

桌遊遊戲卡的設計從自主學習的面向來解釋，主要是

　　幫助學生理解、用以解釋複雜概念、或是強化學生的認知，增加感官的刺激；從互動學習的面向來說明，則可以幫助學生建立學習鷹架，讓學生們更容易進行討論，透過相互合作，一起完成課堂學習任務，也可以做為分組合作學習之用。

　　透過桌遊遊戲卡的介入，讓學生在上課時除了課本及筆記本的使用之外，也有其他可以參考或是使用的媒材可以幫助學習，讓學習不再只有課本，讓學習不再只是老師講，學生聽；不再只是老師講述及寫下重點，學生抄錄筆記；不再只是老師講解釋例，學生進行認知及理解。

　　因為有桌遊遊戲卡輔具的使用，讓課堂教學更多元，讓學生的學習樣態更多變化，藉此讓不同學習風格的學生有機會嘗試不一樣的學習方式，進而找到適合自己的學習方法，強化自己的學習，豐富學習歷程。

二、考慮到學生學習上的特殊情懷與情緒

我曾發給學生空白的卡片，讓學生從課本裡找尋語詞寫在卡片上，讓學生進行語詞卡牌的相關遊戲，或是讓學生摘錄課本裡的句子寫在卡片上。

另外發給學生許多老師預先準備好的形容詞卡牌讓學生從中選擇可以補充描述句子的語詞卡牌，讓學生們以小組合作的方式一起完成老師給予的任務。

透過在眾多的卡牌中，挑選出一定數量的卡牌並且進行討論，最後寫下共同的答案的方式，讓學生來探討段落大意，因為卡片之中有許多語料可供選擇，最後再加上同儕的討論與判斷，選出適當的答案並加以潤飾，則可以完成具有適切內容並且有深度的答案，讓學生在共同完成任務之後，自己獨立完成習作的練習題，有助學生以不同的方式來進行學習。

對於學習表現較佳的學生，這樣的學習方式可以幫助其發展其他的能力，如領導、口語表達及組織能力；對於學習較落後的學生，這樣的方式可以藉由其他同儕的協助

建立學習的鷹架，並且在其遇到困惑時，有夥伴們立即給予解惑的協助，更在獨立完成習作時，有句型卡牌及小組所寫下的小白板書寫內容作為參考依循，得以完成習作的題目練習。

三、思考到學生的社會面——
背景知識所帶來的影響

我在過往的教學歷程之中，發現有些學生的學習快速，老師講解課文之後很快就能掌握到課文的主旨以及文章各段落大意，但是有些學生必須要反覆閱讀許多次，並且在老師的引導之下，才能慢慢的發現作者所要表達的心意。

另外，在進行造句或照樣造句時，受限於語料及生活經驗或是閱讀量的不足，總是以固定的模式來進行造句，而無法突破，因此，我除改變教學方式之外，也試著以遊戲牌卡輔具應用在課堂教學之中。

例如在讓學生進行各段落大意的摘要時，採分組討論，讓小組成員分別先將自己的想法寫在小張的便利貼上，再

將每個人所寫的便利貼紙集合一起，經過討論後摘要寫下小組共同的答案，此舉有助於擴大學生的觀點及補足個人描述的不完整，藉由通力合作，將答案寫在小白板上或壁報紙上並畫上插畫，最後嘗試發表，與其他組同學分享小組的想法。

藉由以上的解析，可以窺出我的創新教學設計符合 Christensen 等人所提出的用途理論，從本身與其他教師在國語科教學的困境情境出發，然後掌握教學設計的功能面，但也同時掌握到學生學習的情感面及社會面，因此本示例應可符合教學創新示例。

（本文出處：《師資培育與教師專業發展期刊》201812 (11:3 期)，作者：曾榮華、王勝忠，出版單位：國立彰化師範大學）

段考後的檢討與學習心得寫作

　　記得高中時只要月考完，當週的週記書寫，我一定會檢討當下，展望未來，除了懊悔粗心大意之外，也會期許自己下次月考可以更進步，所以當週的週記內容總是對於學習抱持了無限的希望，提醒自己即早調整讀書計畫，為下次月考做好準備。

　　記得每次月考後的週記我寫得特別好，因為特別有感觸，且從小到大考後的檢討與自我期許反覆進行不知多少次，除了學校師長的勉勵期許之外，也會有與家人的討論與改進。反覆操作之後，因為這樣的經驗再熟悉不過了，總能將自己學習的實際心路歷程寫下，且寫得特別好。

　　因為有這樣的學習經驗，我特別將考後的自我檢討與期許設定為作文書寫的練習活動，教學生構思，寫一篇月考後的學習心得。

　　以往在進行作文課時，都是出題讓學生自己寫，然後

會口頭指導內容、思考的方向，以及可以寫作的形式，但總覺得成效沒有很好，有一次月考後，我特別將「有效的學習方法」與「正確的學習習慣」內容，設計製作成桌遊，讓小朋友們以小組的方式進行該次月考的檢討，透過集思廣益，分享彼此的想法，一起找出讓自己可以更進步的方向以及可以學習更好的策略。

在這個教學活動中，既帶著學生反省這段時間以來的學習，也期許自己可以在考後到下次段考來臨這段期間的學習可以更好，除了討論交換心得外，也可以讓學生練習思考。

為此，我特別製作了簡單的「討論用卡牌」，給予學生線索，幫助學生連結到過往的學習經驗及師長的提醒與勉勵，藉此讓學生整理出可以讓自己學習更好的方法。這是很有效可以讓學生進入到深層思考的教學活動，學生可以在卡牌的操作引導下反覆閱讀及思考，最後再做出決策及行動。

最後，再讓學生發表自己的心得，彼此交流，老師再

針對發表的內容給予回饋，將考後的檢討活動畫上句點，前事不忘，後事之師，只要學生能記得本次檢討的重點，一定可以學習表現得更好。

那次的教學重點，其實是要嘗試用不一樣的教學活動來教學生寫作文，我運用的技巧就是透過同儕互動討論，並且給予生活經驗連結的線索幫助學生聯結舊經驗，彼此分享自己的讀書方法與準備考試的方式，藉此補齊學生的思維內容，當學生有了充足的語境與書寫材料時，只要勇敢的寫下來，就不會出現寫不出作文的窘境了。

另外，如能有效討論與分享發表，就能將自己的想法及同學提供的經驗完整寫出，寫出一篇有內容、有個人見解，並有積極策進方法的文章。

「先求有，再求好！」是寫好作文的重要關鍵，當學生能先寫出文字，老師才有辦法進行指導，幫助學生可以寫得更好，然後才會越寫越好。

這是我嘗試進行的創意作文教學活動，而且也符合學生的學習心理，學生喜歡以桌遊進行課後檢討，交換想法，

互相學習，這有別於以往教學進行的方式，讓學生在遊戲進行中充分討論，反覆思考，以學生為中心，幫助他們想想自己可以如何更有效的學習。

由於那次作文教學獲得學生的喜愛，促使我持續嘗試透過不同的方式來指導學生思考表達與寫作，有一位學生還對我說：「老師，原來寫作文可以用這樣的方式啊！真有趣！」

因為學生的學習需要，讓我有更多動力持續研發教材及教學活動，讓我思考要如何教學生寫作文，正所謂「教學相長」，透過教學精進、幫助了學生，也提升教師自己的教學能力。

第五章
寫作教學實踐

一堂國中生的作文課

對目前國中階段，寒、暑假一般是幫學生規畫輔導學習的課程，學習內容還是偏重學校課內所學知識，但這次陳老師想藉由冬令營的時段，幫學生規畫不同於、也不局限課本所學的課程。

首先，她先到網路搜尋不同領域的大師，例如閱讀或寫作，請這些大師現場幫她班級的學生上課。

另外，在生活方面，陳老師發現國中階段的學生會有講話較衝、男女互嗆或脫口說出「三字經」的現象，也希望能跟我合作，藉由我在學生事務這部分相關處理經驗，幫學生上課，教學生們如何互相尊重。

上課這一天，其實學生一開始上課時，都抱持著看戲的心情，但是在上完課之後，我確實發現學生們的眼神改變，態度也較專心，也從陳老師的回饋，確認到學生行為確實有正向改變。

　　幾個月後，我在便利商店巧遇班上的其中一位學生，這位學生主動向我打招呼，並詢問我暑假是否有繼續開課？我也心生好奇，詢問學生最喜歡我上課的哪部分？學生直率地說出喜歡我上課風格，不說教，還會陪他們「練肖話」。

　　或許是我這部分的風格，讓他們覺得幽默，卸下心防願意聆聽我的上課內容，**激發同理心**，進而引發他們認真思考我拋出的議題。例如我會詢問他們：別人這樣對你的講話方式，你喜歡嗎？如何講話才讓人喜歡，**贏得尊重**？要如何好好地做自我介紹？

　　第二次幫陳老師的班級上課，由於彼此有了一定的熟悉度，不像第一次準備了二十幾張投影片，加上「肖話」來吸引學生注意。

　　這次利用班上男女生互相競爭的特質，男女分組作辯論式教學，請各組思考、提出自己的論點，並攻防他人意見，我的角色只有根據雙方的論點，進一步提出討論後作總結。

　　這樣的好處是，不需要直接破題，或是告訴學生應該如何做，而是由學生化身為主角，經由他們自己思考、提出建議，我負責流程引導和總結，學生接受度較高，未來也比較願意親身實踐與應用。

　　另外，利用男女分組的辯論教學法，藉由題目，配合九宮格的方式進行，教導學生除了訓練思考能力，還現場示範如何善用題目當媒介，進行邏輯思考，串成有意義的文字，形成作文。

　　例如：辯論的題目為「手機吃到飽和學生專案，哪個對學生族群的消費者比較划算？」一開始聽到這個題目，大部分學生可能會直覺反應不知道或沒差，這代表他們對於自己生活消費從未認真思考。所以第一步先利用男女分組對抗，激發他們思考，再現場示範如何利用學生自己的答案，組織成文章內容。

　　因為是第一次示範，所以我請學生在剛剛的九宮格中，選出一到九數字中，哪兩個數字和加起來為七？討論出有「二加五」、「三加四」和「一加六」這三種組合，於是

我套用學生的答案，加以組織成有效的作文內容，學生也驚訝地對此報以掌聲。

藉此示範，告訴學生思考的重要，除了化為有意義的文字，作文的呈現並非只有單一種形式，只要邏輯清楚一貫，思索言之有物，可有多種的呈現面貌，也讓學生對作文書寫不再一昧害怕或排斥。

藉由上述方式，培養了學生願意思考的態度後，便請他們針對自己一天的行程作規畫。當然，也是有學生鬆散的規畫行程，例如：早上睡到九點吃早餐，吃完用手機追劇，中午吃中餐，吃完約朋友逛街，到晚餐時間吃晚餐，吃完再繼續追劇，一天的行程就這樣結束了。

對於這樣的行程表，我不直接給予否定評論，而是先讚嘆行程表的夢幻，自己也很想擁有，但是卻只能稱之為「夢幻行程表」。

接著我提出幾個問題，像是：這麼棒的行程表誰能擁有？現在擁有這樣的行程表，未來會怎樣？成功人物的行程表是長怎麼樣的？他們是自訂行程表嗎？不是的話，為

什麼？他們的行程表是怎麼制定的？未來想當怎樣的人？想要達到那樣的目標，目前該如何自訂行程表，才能幫助自己達成目標？

　　一連串的問題，引發學生思考，也讓學生明白未來雖然很遠，目前當下要如何有效管理時間，才能腳踏實地的到達自己想要的未來。有了這樣的想法後，學生才知道如何針對自己行程表不足的地方，作有意義的修改。

　　透過這樣問與答的過程，學生才懂得把目光放在自己身上，審慎思考自己的目標是什麼？未來想成為怎樣的人？從事什麼樣的職業？要如何有效的管理時間？

　　也因為態度的轉變，他們很珍惜這次上課機會，為自己訂定時間管理的內容，中場休息時間結束，上課鐘聲響了，大家也會準時回座，思考該如何幫自己訂定有效的行程表，認真地完成這份學習單。

以分組合作學習方式進行課文摘要寫作活動

從課堂中美麗的風景談起

這堂英語課是要驗收學生們彼此分工合作完成任務的學習是否成功。學習目標是學生可以透過討論與相互學習來完成老師所給的任務。

有了這個學習目標作為我教學活動設計的基礎，我開始思考如何讓學生可以透過不同的學習方式，來學習英語課中最常見的課文。

以往在進行課文教學時，大部分老師應該都是播放 CD 讓學生跟著唸，或是老師唸學生跟著唸，之後老師開始逐句解說或是讓學生對話，或採用角色扮演之類的方式來進行課文教學活動。

在我的班級已經以分組合作學習的方式進行了三個多學期，學生已經學會討論及互助合作，我的要求過程之中

小組成員每個人都要對小組有所貢獻，不可以作壁上觀，更不允許只有一個人表現，小組通力合作，貢獻所長就是我的終極目標，因此我在進行教學活動設計及任務編配時，就有考慮到這個關鍵因素。

現在來說說我怎麼進行課文摘要寫作活動，在我的學生已經熟悉課文大意時，我讓學生彼此來簡述故事大意，用簡要的話語來表達整體的文意。

首先，為了讓每個人都有參與，因此我們進行了課文大意表述接力，每個人先以逐句的方式進行課文重述。

然後，第二次請學生參考課文內容一人至少寫下一句課文內容之中，個人認為最重要的一個句子，然後小組再行討論，若有重複者，則再次的進行課文挑選，或有對話，或有關鍵句子，經過幾輪的討論之後，每組選出他們認為重要的課文句子。

接著學習表現較為良好的組員開始，將這些句子進行整理與排序，理出一個較為合理的摘要故事，亦可以自行添加句子讓故事更為完整。

　　然後，將所摘錄的句子寫在小白板上，全部的組員必須一齊朗讀摘要的故事內容，完成任務之後，即可以將寫作完成的白板貼到黑板上。

　　這時候老師就各組所摘要的故事加以分析，並釐清學生的邏輯及文意是否正確。當然，常常會有令老師意想不到的創意作品出現。在老師帶著學生分析各組作品時，學生會發現各組的摘要故事其實是差不多的，只是觀點不同，寫出來的故事當然會有小異。

　　此時老師剛好可以分析不同的寫作技巧，或有採取開門見山的方式進行寫作，或有採取蒙太奇法進行寫作，老師說明兩種的優點，並對於學生完成任務給予肯定。

　　當老師確認過每一組沒有問題或是補其不足之後，將白板還回給各組，這時候小組內口語表達能力較好及英語口語能力較好的學生，必須要擔當大梁，將小組的摘要故事用「先英語後中文」的方式，講解給全組同學聽，然後將故事重點大意畫上插畫。

　　此時完成第二項課堂任務，再次將作品貼到黑板上供

各組同學參考。這時學生再次進行相互學習，高成就學生有其能力展現，學習落後者有兩種再次學習的機會，因此不會興趣缺缺，因為同學的協助，更有參與感。

當各組將作品貼上黑板之後，各組有了交流的機會，這時候老師可以說明各組的優點為何，再次肯定學生的作品。然後就讓學生拿出自己的作業簿進行自己的課文摘要文意創作，當學生做到這一項獨自的作業時，已經把課文內容反覆練習了很多次了，就我的觀察，這樣的學習方式更投入且更有成就感。

這樣的操作方式是先全體後分組，先團體後個人，如此就有了團體作品及個別的作品，而且學習落後者在這種方式之下也可以完成自己的作業，比傳統的學習方式更有效率。

延伸的學習，可以讓學生開創性的擴寫課文，繼續的發想一個全新的故事。或是讓學生進行讀者劇場劇本的編寫，然後進行讀者劇場的練習，或是故事大意的戲劇演出，這樣的進行概念是先靜態後動態，藉由動態表演來進行多

元評量，讓語言有實際應用的機會，把平面呈現的課文活靈活現表現出來，老師更可從中發現班上的朗讀及說故事人才，未來給予舞臺爭取更多的榮譽。

學生在團體合作學習之後，必須要進入個別的學習，必須獨力完成個人的作業，根據我的經驗，這樣的學習比以往的學習方式更為多元且有趣，定期考查時，學生評量分數反而更好，並且能夠達到語言學習聽說讀寫的多重目標。最重要的是，藉由課堂的教學培養學生多元的能力。

在教學反思方面，我看到課堂中美麗的風景，美麗的是學生們聚精會神進行討論，並能在有限時間內進行有效的討論及表達，完成一項又一項的任務，此外學習成就高跟學習較慢的學生都能夠參與其中，各司其職，為小組而努力，每個人都有分配到工作，每個人都有機會表現自我，而且每個人都可以擔任老師，講述給別人聽，並且分享自己的思考模式及創意。

過程之中，我觀察到學生的專注與尊重他人，團隊合作的概念也進來了，學習較慢的孩子參與其中，學習成就

較高的孩子擔任小組領導者角色主導及協助完成任務。

　　採用分組合作學習的方式進行教學已經是這班的特色，這些孩子參與臺日國際交流視訊教學，也是採分組合作學習的方式完成任務，而且表現良好。身為老師的我更因此進行了行動研究，就我的發現，這是可行的教學模式，有興趣者可以採用，嘗試看看，應用在課堂教學上。

　　透過分組合作學習，引領孩子自動自發學習，與同儕互動、共好。

以終為始──
利用投稿報刊來磨練作文技巧提升寫作能力

　　不管大人或小孩，應該在心裡都存在著一個作家夢吧！記得小時候，我總是幻想著自己如果可以寫一本書出版，成為作家那該有多好啊！但是，出書對於當時還是學生的我太遙不可及了，不過老師有說過可以嘗試投稿，一開始我不以為意，直到有一次，我的一篇作文因為寫得不錯，獲得老師肯定，老師鼓勵我：「這篇文章老師幫你投稿本期校刊。」

　　老師這句肯定鼓勵的話著實鼓舞了我，沒想到我的文章竟也可以被刊載在校刊上，這麼一來，不就可以在學校發行的校刊中看到自己的文章了嗎？那可是一本發行量達三千本的校刊呢！想著想著，離我的作家夢更近了！

　　這是第一次我的文章被刊載的經驗，回想當時的心情無敵興奮，對於寫作文這一檔事，更加充滿了興趣，每

次老師在指導同學寫作文時，我總是充滿期待，也期許自己可以把該篇作文寫好，能再有一次我所寫的文章被刊載出來，這是對自己的一大鼓勵。

也因此，對於國語文的學習，我總是興致盎然，舉凡閱讀、寫作，甚至國語文的大大小小考試，我都不以為苦，反而因為用心投入，獲得立即的回饋及成就，讓我的學習表現越來越好，也因此更留意閱讀學校校刊及其他報紙期刊所刊載的別人的文章，透過閱讀別人的文章，來充實自己的語文能力，也透過模仿來精進自己的寫作技巧。

在閱讀報刊時我發現了報紙讀者投書的邀稿，以及期刊雜誌的徵稿啟事，因為有過投稿的成功經驗，讓我有想要嘗試寫稿及投稿的意念。我總會特別花時間精讀稿約的內容，包含當期的主題徵文，或是其他主題的相關文章，要求字數的多寡、文體寫作的方式、該如何將文章寄出、寄到哪裡等等一切相關的資訊。

透過投稿的方式，以終為始，讓我一步一步思索該如何將文章完成，以及我該如何選材來進行寫作，在生活中

會多花一些時間來留意跟思考相關的事情，也無形中促使我擴大了自己的閱讀量與閱讀的素材，讓我的閱讀視角不再只局限在課本內容及自己喜愛的文類，這是嘗試投稿意外的收穫。

　　就我在教學現場的觀察，現在很多學校班級裡都會訂《國語日報》，曾有一次，我在等待上課時在教室裡翻閱報紙，特別將校園版的報紙下方的徵稿訊息摘錄下來，在上課時分享給班上的學生，述說我的投稿歷程，也鼓勵學生們可以嘗試投稿，或許哪一天可以成為《國語日報》的小作家喔！

　　我發現有幾位學生眼睛為之一亮，原來可以將自己所寫的文章投稿到報紙，甚至自己的文章也有可能會在《國語日報》上刊出，有位學生即如同當年的我一般。

　　「老師，那我的文章不就可以讓全臺灣的學生都看到了嗎？」學生興奮的說著，「不但全臺灣的人都看到，也有可能連全世界的人都看到喔！」我開心地回應著學生，因為網路時代，透過數位媒體，可以讓全世界都看到我們

所寫的文章，當下我看到了學生積極想要嘗試的學習動機。

除了《國語日報》，還有其他的報紙或期刊也會有徵稿，例如各大報的副刊等，都可以仔細閱讀，然後根據該媒體所需來嘗試投稿，設定目標，進行寫作。

當然也會有被退稿的情形發生，但是努力的過程是不會白費的，多嘗試幾次，一定會越寫越好，那麼自己的文章被刊載在報章雜誌及期刊上，一定指日可待。

身為老師、家長的我們，不妨可以鼓勵孩子用心寫、認真寫，配合著《國語日報》的稿約來進行書寫，在生活中進行觀察，以學校生活或是家庭生活為寫作範疇，進行事件記錄，或是撰寫日記，進行多元主題的書寫。

重要的是要持之以恆的書寫，當孩子所寫出來的作文有一定水準時，身為師長的我們，不妨嘗試協助孩子進行投稿，不管成功與否，這都是很棒的學習歷程。如果幸運的獲得接受刊登，那麼對於孩子的內心一定是莫大的肯定。

不管未來是否要成為作家，透過投稿報章雜誌作為目標來進行努力，的確是可以參考的方式，藉此來鼓勵孩子

嘗試寫作，廣泛閱讀，看看別人的文章，學習別人的優點，
也試著以同樣主題來進行寫作，假以時日，一定可以提升
作文能力，越寫越好。

從課文閱讀理解發展寫作能力

從閱讀理解切入來發展作文能力，奠定學習基礎是很可行的策略，不見得在寒暑假才來學習，平時就可以好好的運用這個策略來學好作文。閱讀的文本可以是學校圖書館裡借來的書，可以是每天教室裡訂閱的《國語日報》或各大報，當然也可以是天天使用的國語課本。

只要有心，並且懂得方法，一定可以好好善用閱讀理解的策略來發展作文寫作的歷程，增進作文能力。在此分享在課堂裡可以使用的從課文的理解來寫作文的幾個可行策略。

一、摘要式仿寫

什麼是摘要式仿寫，即如何參考書裡的書寫方式，將各段的大意寫出，但是必須比大意更為完整，且是出自於課本的內容，用自己的詮釋方式來寫出，此舉有助於學生

仔細的閱讀各段的內容，並且找出關鍵的概念及其中的重要人事物，然後用自己的話寫出來，此舉除了語文元素的內化之外，也有產出，有助於理解課文內容及各段大意。

二、接續式擴寫

　　《一千零一夜》的故事永遠說不完，只要轉到合適的連接詞就可以發展出更多的故事，八點檔連續劇的編劇功力即是此策略的應用，礙於課本篇幅有限，或是選文的節錄，有時候課本裡的文章不是完整篇幅，這時候除了教學生課文的內容之外，更可以給予引導，讓故事繼續發展下去，或是讓文章可以接續下去，試著用讀者的想法與作者的想法靠近。

　　要能接續文意續寫，必須要很認真仔細的閱讀全文，掌握大意及行文脈絡，也要能有基本的寫作技巧，看是要讓文意順著下去，還是要來著意想不到的結果，這都可以看到寫作者的功力，有助於學生創造力的發展，更可以讓課文的學習有更多元的想像。

三、反向式敘寫

誰說文章裡的主人翁一定是溫良恭儉讓？誰說小紅帽裡的大野狼一定是窮凶惡極？可以藉由打破既定刻板印象的方式，進行課本內容的反向敘寫，讓故事發展有不同的結果。

對於喜歡天馬行空的學生來說，這樣的學習方式他們興趣盎然，對於有自己主見、偶爾喜歡唱反調的學生，這樣的教學活動更符合他們的喜好。例如課本內容裡若提到的季節時間限定是夏天的話，就試著讓學生嘗試從冬天的觀點來敘寫。

如此一來，先行的閱讀要更細膩，找出與主題相關的語詞，然後將相反詞找出來，這時字典就會派上用場，與同學的討論也會跑出來。在進行反向式敘寫時，也必須考慮前後脈絡及行文的一致性，難度更高，可以幫助學生發展高層次的寫作技巧，更可以讓學生的觀點更多元，眼界更開闊。

　　上述三種從課文理解發展出來的寫作方式都是老師們可以在課堂裡進行的教學策略，讓學生從生活中取材，從自己身邊的文本入手，用不一樣的思考方式來學習，讓自己的寫作能力可以更好。

　　（本文刊載於《國語日報》2019 年 6 月 18 日）

如何讓學生對於寫作文不害怕、不討厭？

　　我致力於閱讀理解與作文教學，並且從教學現場進行研究，因為作文能力相當重要，而閱讀則是通往寫作必經的道路，閱讀與寫作都是我在教學現場所關心的議題，我想要讓學生廣泛閱讀、大量閱讀。

　　此外，我也想要教學生會寫作文，相較於寫作文，學生反而喜歡閱讀，因為寫作文相對於閱讀來得較為困難許多，很多學生聽到要寫作文時，就會架起一道防堵牆，心想可不可以不要寫，就算一定要寫，也是敷衍了事。因此，在教學生寫作文前，一定要先思考如何讓學生對寫作文這件事不感到害怕，不排斥且不討厭。

　　我嘗試用一些非正規的教學方式，讓學生學習寫作，藉此引起學生的學習動機，更希望學生質疑我的作法，進而說出自己的想法。當學生質疑我的教學方式時，就會對老師的教學方式更感興趣，老師就有機會讓學生從好奇到

參與。

要讓學生寫出一篇作文，除了從生活經驗切入，給予思考連結外，最簡單的方式就是從課本出發，由課本長作文，從課文理解、文章解構，再到作者想法的探詢，然後進入仿寫，讓學生仿作出一篇形式類似的作品，先不談內容寫得如何，但至少可以藉此肯定學生的學習，給予學生成就與信心。

在教學過程中，各種思考工具成為教學的利器，教學生思考，然後信任學生，讓學生在有限時間內可以得到立即的成就，再就其中的語詞及句型加以檢視。

當學生主動想要把作文寫得更好時，老師的建言及指導內容才會真的聽進去。

有幾位學生真的想要讓自己的寫作能力提升，回到家後特別將老師提醒的部分再次的思考，然後不厭其煩的再將自己寫的這篇作文加以修正，主動地跑來找老師，當學生交給我一篇五百字稿紙的文章時，老師的內心開心極了。

當學生會思考，就會有源源不絕的想法可以進行書寫，

當學生願意修正所寫的內容，作文的能力一定會逐步提升。身為家長、老師的我們所要做的，就是讓孩子不討厭作文、不害怕作文，然後孩子寫好作文，一定充滿希望。

我的心得

第六章

教學生寫作的技巧

如何教學生寫作文？

　　常常有老師問我，學生作文寫不出來怎麼辦？

　　這應該是很多老師都有的困擾，很多時候學生面對著作文簿總是意興闌珊，完全提不起勁來，當老師在黑板上高聲疾呼著如何起承轉合時，學生更加的興趣缺缺，對於主題的書寫已經沒有想法了，還要去理解何謂起承轉合，那對於學生更是二次打擊，此時不妨換位思考，想想如何讓學生在這段書寫作文的時間內，來做其他相關的學習。

　　先談談如何讓學生想寫，起心動念很重要，許多時候一個想法就能引發不可思議的結果，當學生想寫時，不用人逼迫與督促，就會主動的寫，尤有甚者，會廢寢忘食，不達目標不輕易的停手，我就曾經遇到喜歡文字書寫的學生，上課也寫，下課也寫，放假也寫，寫作不再是累人的事情，而是自己喜歡的事情。

　　如何讓學生想寫呢？並不是每個孩子都能夠在老師教

導後就振筆疾書的，有些學生需要時間的醞釀，有些學生需要活動的奠基，有些學生則需要一些暖身的活動。當學生寫不出來時，不妨給予一些協助，幫助孩子搭建鷹架，透過思考羅盤，幫助孩子找到寫作的方向。

給予孩子具體的操作策略，進行短文的仿寫，或是運用幾個主題相關的語詞進行造句後書寫，會比空有一個題目進行思考來得願意寫作，想要動筆寫作文。因為孩子可以看得到未來，可以想像得到自己能夠寫出東西來，相信自己做得到之後，孩子就會開始動手寫，因此要讓學生想寫，就必須要考慮到學生的能力及生活經驗。

再來必須考慮學生有沒有能力寫出作文，通常提到寫作文，學生很在意作文字數要寫多少，尤其是學生有作文簿或是稿紙的空格障礙，想到要寫到密密麻麻滿滿的兩面，或是完整的稿紙一頁，這時候還沒寫就會想要投降放棄。

此時不妨透過量化的方式給予學生鼓勵信心，讓學生試著說話或是唸讀課文的內容，然後試著將學生所說的內容記錄下來，或是透過量化的概念，數數看有多少字，也

可以錄音後轉錄成文字，如此一來，學生會相信自己也可以用講話的方式來試著寫下，就能夠讓孩子卸下心防，相信自己做得到，說服自己是可以寫出來的。

在孩子想寫作文又相信自己可以寫出作文後，身為師長的我們，可以透過寫作的技巧指導，引導孩子會寫作文，並且讓寫作成為生活中的一部分。

除了從平時的國語課本及課外讀物的閱讀當中來學習寫作文之外，老師也可以設計一些教學活動，例如心智圖思考法或是關係圖的繪製，藉此來強化學生的邏輯概念及思考方式，讓他們的語文能力及寫作技巧可以更多元、更精熟。

在我的課堂中，教學生語文寫作與思考一直都是很重要的一部分，我發現單獨的作文課會讓學生卻步，但是如果在語文課中置入作文的指導及相關教學活動，則可以讓學生在活動參與中不知不覺提升語文能力，這樣學生既有參與感又有收穫，會比單純上作文課來得更好。

我發現在課堂教學活動中，學生們普遍都能踴躍參與

討論與回答，在老師充分的引導與同學經驗交流後，學生有了充足的想法，對於相關主題有了更多的訊息，也可以連結到生活經驗之中，再來嘗試寫作，就不會覺得遙不可及，縱使不知道可否寫得好，但都會願意嘗試與同學交流，在老師的引導下，說出自己心裡的想法，然後寫下文字。

　　學生能夠在充分交流後，有滿滿的想法及可以進行寫作的原動力，來自於與老師及同儕的互動與討論，而且不怕犯錯，敢於說出自己心裡的想法及不是很成熟的答案，這些歷程就是學生寫作進步的前置作業。

　　另外，在學生沒有任何想法時，老師也可以試著進行幾個教學活動，例如找出幾篇主題相關的文章，讓學生進行文章摘要，或是閱讀文章後練習幫文章定題目，還可以從選文之中，挑選句子來進行重組或是擴寫，或是讓學生合力寫出文章，分工合作，先共寫，再獨立寫，這樣就可以發揮團隊合作的效益，讓學習更有趣。

　　這一類的教學活動有趣且具體，學生會想要寫，且會一步一步的建構自己的寫作學習歷程，老師只要觀察跟檢

核學生有無能力達成學習任務，然後在學生可以單獨寫作時，再將寫作鷹架拆解即可。

　　沒有人是天生就會寫作文的，更何況是寫出一篇好的作文，身為老師的我們，可以幫助孩子逐步學習，先從不討厭，再到想要，最後才進入會寫作文的進程之中，教孩子寫作文很重要，讓學生愛上作文更是我們努力的目標。

限制式寫作的教學進程──以記敘文為例

很久很久以前……

發生了什麼事……

說明一段歷程……

首先……

然後……

再來……

最後……

於是，交代最後的結果如何……

利用記憶力、聯想力以及創造力，在既有的格式下完成一篇自己的記敘文。用這樣的方式，就可以有效率的完成記敘文的限制式寫作教學了。

從模仿到創造，先建立寫作鷹架，然後再將鷹架拆掉，一步一步建構學生的寫作模式，累積寫作能力。

　　然後進入精緻化教學階段，讓學生試著獨立學習，解構再建構。將很久很久以前，改成一個明確的時間點，如上個星期六，或是剛結束的這個中秋節連假，這種事後回顧的記敘文或是日記遊記類的文章寫作，例如我們辦了烤肉趴，為了讓活動辦得精彩讓大家滿意，我們一起分工合作，就開始交代整個烤肉趴歷程的經過了。

　　首先……

　　然後……

　　再來……

　　最後……

　　於是……

　　交代結局可以說出自己心裡的感受，以完成整篇文章。

　　口說作文有助於寫作能力的提升，這時候可以安排讓學生彼此分享自己的歷程經過，擴充生活經驗以及分享彼此的生活，藉此可以喚醒記憶以及之前忽略掉的細節，然

後再回到自己的再次寫作，補足沒有寫到的部分也可以增加篇幅。

　　等到兩、三次的精熟學習後再次分享完整的口述作文，最後再讓學生們完整獨立寫作一篇自己的記敘文。

　　這個方式主要是要讓學生學會思考的脈絡以及寫作的架構，很多時候學生是不會想、不會思考，而不是不會寫作文，教學生思考，教學生寫作文的架構，長久下來，學生就會寫了，然後持續精進，就能從會寫作文到寫好一篇作文。

簡易好操作的兩層次短文寫作教學方式分享

　　課餘與正在推動讀報教育的同事討論小朋友的短文寫作有感，同事分享給我小朋友短文寫作的佳作文章，我們更因此討論如何讓小朋友在閱讀之後可以寫出一篇有內容，言之有物，並且是有個人情感在裡面的小短文。

　　其實，要讓小朋友寫出一百字左右的小短文不難，可以透過兩層次的短文寫作訓練。

　　1. 將事實描述完整。
　　2. 寫出自己對於事實的感受。

第一，如何將事實描述完整，其實就不太容易。

　　看了許多小朋友的國語習作造句及作文簿裡所寫作的內容，可以發現大部分的學生在進行文字書寫時，無法以

文字表達完整的語意，也就是所呈現出來的書面語讓閱讀的人無法感受到文意的完整，說白話一點，就是沒有完整的進行事件的描述。

因此，可以透過生活中的事件描述讓學生進行練習，舉例來說，找一件生活中經常出現的事情，試著描述完整，如下課時我最常做的一件事情，這是學生再熟悉不過的事情，但是由於學生沒有仔細觀察，反思自己曾經做過的事情，所以在描述時都只能大略的提到自己下課時在做什麼。

另外，由於沒有扎實的進行寫作的練習，以至於在寫作時會出現跳躍式的思考，沒有將整個事件描述完整，可能過程沒有交代完整就得到結果，又或者是花了九牛二虎之力完整交代過程，但是結尾就草草帶過，沒有完整的事件交代。

另外，可以讓學生描述更簡單的事情，讓學生觀察自己今天所穿的衣服、鞋子、配件等，訓練學生的觀察力，從頭到腳，有系統的描述自己的服裝打扮，這也是可行的方式。

再者，透過讀報，試著將自己在報紙裡看到的報導，以轉述的方式將自己所閱讀到的事件進行描述，看能否將事件交代完整。

在教學現場時，常會看到老師請學生幫忙傳送文件或是發送物品，問學生所為何來，經常會遇到無法將老師所交代的事情說清楚或是轉述清楚，讓對方可以清楚的了解來意。

在請學生幫忙傳送文件或物品給其他老師時，我通常會做一件事情，在我說明完任務後，我會請學生把我當作目標對象講一次，當我可以清楚明瞭學生所說的內容時，我就能確保老師能夠了解學生表達語意的完整。

透過口說的練習，可以加強學生書面語的完整表達，藉此可以在生活中將所見所聞清楚描述，讓學生可以說得完整，寫得完整，表達得完整。

第二，寫出自己對於事實的感受。

　　如果可以讓學生對於生活周遭的事情都稍加留意，並且讓學生設身處地的與之聯結，同理感受也好，批判思考也可，讓學生可以從身邊的事情進行反思，或是從媒體報導中來進行心得感想的陳述，可以讓學生說出自己心裡的感受，藉此擴大寫作的範疇，提升寫作的層次，讓學生的寫作不再只是停留在事實層面，可以更加發展到感受層次。

　　老師不妨利用聯絡簿的每日書寫，讓學生寫寫在學校班級裡發生的大小事情自己的感受，例如班級獲得生活競賽的整潔優勝時，自己的感受如何？在聖誕節交換禮物活動之後自己的心情如何？看到校方空汙防制的宣導後，自己的想法如何？讓學生在接受到事件後，或是自己參與其中的一件事時，自己的感受可以試著說出來、寫下來，長久下來，學生則會慢慢的對於生活大小事有所感受。

　　最後，老師可以把這兩層次的寫作訓練方式運用在教學及生活之中，讓學生從課本的課文中進行讀後短文寫作，或是每週的週記心情書寫，更可以運用讀報的方式進行寫

作，藉此擴大學生的生活經驗，了解生活中的大小事，更可以對於議題表達自己的見解與看法，言之有物，言之成理，更可以說出自己內心的感受。

透過上述的方式，一百字的短文寫作，兩個段落，先描述事件，再進行個人感受層次的書寫，每個段落只要五十字（段落的文字多少沒有一定的限制），大約五到六句，就可以完成一百字的寫作。當熟悉這簡單的兩層次的寫作之後，就可以進入更多層次的寫作練習，讓寫作成為習慣，提升自己的作文力。

素養導向的語文課堂創意教學

　　今天的課程很有趣，小朋友都喜歡，在此寫下紀錄與大家分享。

　　今天下午的課程內容是教學生照樣寫短語，然後進行古體詩中的短句創作，考驗的是學生上下文閱讀後的因果句創作，以及進行整體文意的結尾。

　　之前網路上很流行將「寫作業」這三個字放到許多的古體詩中，例如：床前明月光，疑是地上霜，舉頭望明月，低頭思故鄉，這是李白的 < 靜夜思 >。

　　網路上 kuso 成「床前明月光，疑是地上霜，舉頭望明月，低頭寫作業。」這樣的改寫讓整個文意變得不一樣，卻又滿有意思的，於是我就以這樣的方式列舉了好幾首詩，來讓學生將「寫作業」這三個字放到最後一句的結尾，來試看看是否前後文意合理且富含韻味。

　　一試學生開心得不得了，紛紛還要求可否轉換套入「吃

便當」，畢竟大家喜歡吃東西勝過寫作業，於是師生們興致高昂，開始吟詩作對。

「千山鳥飛絕，萬徑人蹤滅，孤舟簑笠翁，獨釣吃便當。」大家笑哈哈，還要一首，「月落烏啼霜滿天，江楓漁火對愁眠，姑蘇城外寒山寺，夜半鐘聲吃便當。」又是一次哄堂大笑。

仔細想想，看看整首詩前後的文字及邏輯，竟然也說得通喔！如此一來引起學生們學習莫大的動機，這時老師一定要乘勝追擊。

順便教學生有關於押韻的基本知識，也讓學生挑戰用閩南語來朗讀古體詩，因為唸起來實在是太有趣了，也因此學生們捧腹大笑，有些語詞平時真的太少用了，所以學生不會說，文讀白讀也有區別，因此學生們紛紛躍躍欲試。

最後，當然將生活教育融入在語文教學之中。

從古體詩的改編，到將生活情境融入詩的創作教學之中，培養學生文學欣賞的素養，也培養學生良好的生活習慣，並且加強班級經營。

　　我在黑板上寫下閩南語五言絕句的創作思考兩個版本，一個是消極思考的版本，一個是積極思考的版本。

　　上課要專心
　　勿通亂講話
　　老師若生氣
　　你就　？　？　？

　　這是消極思考版本的因果句。

　　上課要專心
　　勿通亂講話
　　規矩守本份
　　大家　？　？　？

　　這樣的閩南語詩創作，我讓學生先自行填入合適的文字，再讓小組同學彼此討論分享，最後再與全班同學分享。

我導引學生進行積極思考，這是班級經營融入語文教學的創意教學方式，因為學生已經認真在思考了，所以會往積極正向去思考，營造班級良好的上課氣氛。

學生各種答案都有，相當有創意。

最後當然要跟生活結合，我透過交通安全來進行設計，讓學生寫入合適的文字，一樣是閩南語的詩創作，一個消極思考，一個積極思考，都要學生注意交通安全。

騎車要注意

勿通兩邊看

一個不注意

就會 ？ ？ ？

藉此來提醒學生騎腳踏車要專心。

騎車要注意

戴好安全帽

若是有注意

就會 ？ ？ ？

　由於前面的教學活動架構良好的鷹架，學生願意嘗試
進行限制性的文字創作，也讓學生多多思考，這樣的引導，
學生都能產出文字，並且檢核前後文的邏輯性，還有整體
文意的完整性，趣味十足！

　從學生的回饋與互動，還有下課時的抽樣調查，學生
很喜歡今天這一堂課。素養導向的語文教學，從生活中取
材，學生的創意發想就會有意想不到的收穫。

第七章

作文與閱讀

參加國語文演講比賽練習作文的構思

　　今天參加了國語文競賽，與大家分享我臨場的表現。

從青少年的迷失談教師的責任

　　俗話說得好：「人非聖賢，孰能無過？」只要是人難免會犯錯。

　　就連負責教導學生的老師也會犯錯，更何況是青少年的學生呢？

　　由於青少年知識發展尚未齊備，社會經驗普遍不足，因此在學生階段常會有迷失的情形出現，尤其是在青少年階段，常會有價值判斷錯誤的情形發生，這時，身為學生知識傳授及問題解惑的教師就必須適時扮演幫助學生價值澄清的角色，導正學生迷失的觀念，使其有正確的價值觀。

　　青少年階段的學生會有哪些迷失的情形發生呢？

　　據我在教學現場的觀察，青少年的迷失現象大致如下：

一、自我價值的迷失

　　青少年時期的學生，對於同儕的認同與關懷有急迫且強烈的需求，因此常會有違背校規或法律的行為出現，例如同學為了展現個人的勇氣獲得同儕的肯定而開始抽菸，為了宣示向團體效忠，而跟著同學抽起菸來，以為這樣就可以得到同儕的認同，以為這樣就是勇氣的表現，殊不知這樣的行為表現只會讓自己顯得更加幼稚及愚蠢。再者，為了迎合同儕朋友的認同與友誼，而有了踰矩的學校霸凌事件發生，透過打架、恐嚇、偷竊，以在同儕間獲得肯定，用自己認為正確的方式來獲得成就感，這是常見的青少年迷失行為及表現。

二、升學主義的迷失

　　青少年時期的學生，常常不知道自己讀書參加考試是為何而戰？

　　看到同學參加私校考試，便要求媽媽也要讓自己補習參加考試，進入私校就讀，認為一定要就讀明星私校，才

191

是優秀的表現，才能獲得同儕羨慕的目光。這是由於青少年時期的學生對自己的興趣及喜好沒有主見，不知道自己的優勢及個性，從小到大少有讓自己嘗試做決定的機會，因此沒有自己的主見，人云亦云，別人怎麼說，自己就跟著做，看到大部分的同學選擇進入高中就讀，自己不會依照自己的性向，就跟著選讀普通高中，到後來才發現自己一點都不適合，這就是升學主義的迷失。

三、金錢價值的迷失

青少年時期的學生喜歡追求名牌，跟著潮流走，當同學普遍都有手機平板時，就會要求爸媽自己也想要買，看著同學追求名牌服飾球鞋時，就想跟進，讓自己成為同儕中的流行領導，尚不會賺錢，就已經學會花錢，且是花大筆的錢，分不清楚需要與想要之間的差異，對於金錢價值產生迷失，對於想要的東西不會想要靠自己的力量去賺取，只是想輕易的獲得，青少年時期對於金錢價值的迷失，常會導致未來長大後對於個人理財不會有效管理，價值觀也

會有所偏頗。

　　基於上述青少年的迷失現象，教師有導正青少年迷失的責任，必須扮演導師的角色，帶領青少年突破困境，以正向的思維邁向光明的未來。

　　教師要怎麼做呢？

　　首先，教師可以讓孩子找到自我的價值，從生活中來進行體驗學習，以獲得同儕友朋的肯定，例如在校園中認真打掃，盡心負責的做好分內的工作，行有餘力幫助同學，擴大服務範圍，為他人服務。

　　再來，讓學生從事多元職業的體驗與學習，讓青少年從各種體驗活動中發現自己的長處，找到自己的優勢技能，幫助學生找到自己的價值，發現未來自己可行的方向。

　　最後，教師可以依循十二年國教的升學多元進路，輔導學生適性發展，並非只有就讀明星高中及私立名校才是正確的選擇，擁有各項基本能力才是最重要的，此外終身學習是學生一輩子必須擁有的基本概念。

　　在此，就來說說身為老師的我，如何在學校裡帶領學

生釐清迷失的方向，走向正向積極的未來。

身為老師的我，希望透過實作體驗的活動學習方式，讓學生在做中學習，養成為自己負責，為他人服務的習慣，藉此找到自己的價值，找到自己可以發展的進路及方向。

因此，我在學校透過培訓校園環保小尖兵，讓學生藉由各項校園環保學習活動來促進同儕互動，學習領導與被領導，讓學生可以從學習做事情之中，看到同學的好，並且讓自己的表現獲得師長的肯定，得到鼓勵與喝采。

為了讓學生在生活教育中體現自己的價值，老師規畫了社會服務清掃學習的活動，帶領學生透過服務學習體現自己的價值，達到同儕互動的目的。

我讓小朋友自己規畫到火車站進行社會服務的環境教育行程，讓學生查找火車票價及時刻，估算所需的費用，討論活動內容，通力合作共同完成任務。

我們到成功火車站進行清掃學習社會服務，期許學生未來課業學習成功，人際互動成功，社會服務成功，從活動中學習，藉此導正學生的迷失，帶領學生走向積極正向

的未來，讓青少年學生在別人的需要上看到自己的責任。

教師是學生學習的模範，教師可以從學生的行為表現上看到自己過去的成長過程及學習經驗，然後就自己的過往經驗提供給學生參考借鏡，導引學生對於錯誤的迷失進行正確價值判斷，透過各種實作體驗教學活動的學習，讓孩子可以肯定自己的能力，發揮自己的價值，創造自己的未來。這是教師的責任，也是教師可以發揮效能的做法。

師者，所以傳道、授業、解惑也，教師有責任帶領學生走出迷失，更要與學生攜手迎向正向積極充滿希望的未來。身為教師的我們，必須相信自己，相信自己可以對學生的行為及表現產生影響，我們就是孩子生命中的貴人，只要肯多花點心思，就能幫助學生，無論是生命意義或是自我價值，或是人際互動，都能讓學生導正錯誤迷失，即時且順利的走向學習成長的康莊大道。

閱讀是很重要的基礎

閱讀的重要性

閱讀在小學階段來說，是一個很重要的基礎，小朋友如果有良好的閱讀基礎，對他們未來學習是有幫助的。

何謂閱讀

比如來說我們在看書本，書本文字的閱讀，或是生活當中社區的一個走讀，或者是說我們使用網路上的媒體自學，這些都需要用到閱讀的基礎，如果有良好的閱讀基礎，可以幫助學生在學習時有良好的效益。

透過繪本及活動式課程設計推動閱讀

學生愛閱讀，有了好的學習動機，購買了新書，學生會主動拿來看，閱讀才會有機會成功。學生如果在小學階

段有良好的閱讀能力，能夠幫助到他們閱讀迅速，可是通常小朋友在閱讀當中，他們不會閱讀的方法，學校在推閱讀，我們不知道孩子有沒有閱讀進去，有沒有學會閱讀的技巧、方法。我們都知道讓小朋友唸課文，但每一個嘴巴都打開，你不知道他有沒有在唸，你聽到集體的聲音，但是你不知道他有沒有獲得個別閱讀的技巧。

　　以低年級來說，我會重視小朋友有沒有跟上老師所教的進度及教學的內容，怎麼說呢？我會讓小朋友採取開口朗讀，大聲朗讀，當他在唸課文時，我會讓他用他的手指頭去做指讀。

　　指讀的過程當中，當老師的聲音出來，他看到這個文字，同時他的手指就去比，代表他有聽到了，他有看到了，他有跟上老師的學習步驟。

　　用這樣的學習方式，可以確認每一個孩子有跟上老師的教學，這是一個很粗淺的閱讀方法。用手指頭去比，就可以知道重點在哪裡。

　　據我在教學現場的觀察，有些小朋友在唸，他跟著唸，

可是他根本就不知道老師現在在上什麼，這一個部分就可以關心到小朋友的學習注意力，所以在這個部分，可以培養小朋友的專注跟定力。

再來學生喜歡讀了，有動機讀了，我們要教他們如何來讀，因為閱讀會有許多比較專業的方式，讓學生喜歡閱讀，比如說閱讀理解，教學生理解到各個科目的閱讀理解。

最後要讓學生享受閱讀的樂趣，享受閱讀，就會把閱讀當成生活中的一部分。培養小朋友的閱讀能力，是要讓小朋友能夠閱讀課外書籍增加知識，開闊視野。

所以如果在學校可以的話，培養小朋友能夠主動去拿書來看，讓他們能夠坐下來看，有耐心的把一本書看完或看一個段落，這也是在小學階段可以培養他們的一個習慣。

在我的班級裡面，我會推親子共讀，在學校教師晨會的時候，我會邀請學校的志工媽媽，或是我班級的愛心媽媽，進到班級裡面，和小朋友說繪本故事。

繪本故事裡面有很多屬於生活習慣、生活常規、良好的品德相關的繪本，讓小朋友從閱讀繪本當中來學習良好

的品德。

從閱讀當中，來體驗人生；從閱讀當中，來養成好的生活習慣；從閱讀當中學習如何成為一個知書達禮、和同學和平相處、有禮貌的孩子。

盤點既有資源，發展閱讀活動課程

另外，我會配合學校圖書借閱的辦法來推動閱讀。閱讀是顯學，很多老師都會推閱讀，我會跟我們學校的教務處一起來推動閱讀，因為學校的政策，如果沒有老師配合推行的話，效益就會有所減損。如果老師配合推行的話，會事半功倍。所以我會讓小朋友到圖書館學習課程，我也會在班級裡面辦和學校相呼應的活動。

舉例來說，在過去我曾經做過圖書尋寶的活動，讓小朋友去做九大類的圖書分類。我們找其中的一類，小朋友喜歡昆蟲，我就辦一個昆蟲尋寶。去圖書館裡面找到一本書，裡面藏著學校的獎勵卡，讓小朋友去找到這本書，這張獎勵卡就屬於這個小朋友。我稱這個活動叫作圖書尋寶。

　　小朋友喜歡找圖書，喜歡找昆蟲，鍬形蟲、獨角仙這類的。當他找到這本書，打開後發現有獎勵卡在裡面開心極了，這告訴我們，書中自有黃金屋，書中自有顏如玉，書中自有鍬形蟲。找到這本書的時候，他就可以獲得獎勵卡，就可以到教務處去換得獎勵。

　　用這樣的方式，我發現小朋友並沒有在記幾大類，但是他們會覺得到圖書館很有趣，跟小朋友一起玩很好玩，用這樣的方式培養小朋友閱讀習慣非常好。

　　用這樣的方式讓學生主動來閱讀，讓自己沉浸在閱讀的樂趣之中，這樣的閱讀推動方式，才會讓學生喜歡閱讀，把閱讀當成生活當中的一部分，這樣的閱讀推動才是最有效率、最棒的閱讀方式。

　　閱讀的推動不是口號，是生活的一部分。老師帶著走，帶著學生靜默式的閱讀，當老師拿起書來看的時候，相信學生對於閱讀的興趣已經提升，所以在學校最喜歡的是和小朋友一起閱讀，書不嫌多，閱讀的時間不嫌多，只要有時間，坐下來看一本書，成為小朋友最好的學習楷模榜樣，

這就是我所重視也持續在做的。

國際教育的連結推動,從閱讀到寫作、國際的筆友交流、學校的英語公播、母語歌謠、學藝競賽、閱讀認證、晨光閱讀、校長說故事、小書蟲認證、唐詩古文、品德劇場、科學園遊會、科普閱讀、校慶園遊會的學藝展現、藝文季、榮譽護照、慶生、與校長有約……

規畫許多閱讀活動,為了讓學生閱讀生活化、趣味化,最重要的是實用化,實踐閱讀,展現學習能力。閱讀的推動不是口號,是生活的一部分。讓孩子愛上閱讀,大量閱讀,然後會閱讀。

懂得如何說好故事，自然就懂得如何寫好作文

　　說故事與閱讀構思及表達相關，與作文書寫有異曲同工之妙。懂得如何說好故事，自然就懂得如何寫好作文。

吸引聽眾想聽故事

　　第一個目標，你站上來說的故事會讓所有人想聽，想聽很重要！你如何讓我們想聽？你要從故事內容去選材、去呈現、去表達出來。第一個部分叫做讓我們的聽眾想聽。如何讓他想聽？靠你舞臺上面的舞臺魅力、故事選材，和你說故事的技巧。

讓聽眾聽得懂故事

　　當想聽了之後，你要想辦法讓所有人聽得懂你在說什麼故事，這個很重要！因為每一個故事都是你特別選出來的，如果你要讓大家聽得懂的話，要注意幾個部分：

一、清楚的口條表現；

二、可以加強你的語氣；

三、可能要加一點動作，加一點強調，加一點你的鋪陳，加一點你的設計。

你不可以從頭到尾都很大聲，可能有時候要停頓一下，有時候要稍微語氣高昂一點，為什麼要這樣？這樣才能強調出你的重點。用這樣的方式，讓所有在聽你講故事的人聽得懂你在講什麼。

說出好聽的故事

如果你想要從優秀進入到卓越，要講出一個好聽的故事，我們必須要把標準拉高一點，包含我們的發音咬字，還有我們在舞臺上的舞臺魅力，還有你講出來的故事，可不可以感動人，有沒有辦法讓聽眾產生共鳴，這個共鳴很重要。

像我曾擔任說故事比賽的評審，聽到一條毯子的故事，參賽者講到他以前的小朋友成長的歷程，講到評審們的心

坎裡面去，這樣就能引起我們的共鳴。

除了這個共鳴之外，還有一個更厲害的，如果你有辦法上臺講故事，講到讓我起雞皮疙瘩，這就代表你講故事講到了一個傳神的境界。

把它講得活靈活現，靠的是你綜合表現的工夫。再來，你一定要非常熟練，熟練到可以渾然天成，不用去背稿，信手拈來講出來的就是一個好故事。我相信除了你準備的故事外，隨手給你一個其他故事，你只要看完、領會完之後，就有辦法用你的方式將它表達出來，這就是傳神的表達方式。

要做到這裡相當不容易，臺上一分鐘，臺下十年功。如果你要上臺分享，上臺說書，不妨從三個部分來思考一下，做為未來準備的方向。

第一，你可以把一個故事原原本本的說出來，原原本本的展現出來。第二，你可以找一個有意義的故事，生活當中引起你共鳴的故事，然後試著把它改編一下，講給大家聽。第三，你可以從生活當中取材，從生活當中找到你

感動的素材，試著用你的筆把它寫下來，然後跟大家分享你寫下來的故事，把它講出來，分享給你的家人，分享給你的班上同學。

　　最後記住，上臺之前一定要確認是你喜歡的故事，當你喜歡之後，你上臺之後就和別人分享喜悅、分享故事，就是最好的學習歷程。

寫作思考的關鍵就是聯結

（一）想聽

1. 選材（原本故事、故事改編、生活取材）

2. 表現

（二）聽得懂

1. 清楚的口條表現

2. 加強語氣

3. 加動作強調鋪陳

優秀→卓越

（三）好聽的故事

1. 發音

2. 咬字

3. 舞臺魅力

4. 產生共鳴

5. 傳神

6. 轉化

　　寫作可以從生活中取材，但為什麼許多時候孩子們還是寫不出作文來呢？

　　其實學生不是缺乏生活經驗，而是缺乏思考以及與生活經驗的聯結，只要我們能提供給孩子一些線索作為聯結，啟動學生思考，就能觸動學生思考的鏈結，藉以讓孩子聯結到自己的生活經驗，如此一來就能有充足的語境及語料可以做為寫作的素材。

　　想一想，是不是常常到了晚餐時間不知道吃什麼呢？但是如果經過某個路口，就會聯想到這附近有什麼美食，或者是曾經吃過哪一家店覺得好吃，但是沒有到那個路口時，就怎麼也想不起來。

　　另外，如果可以拿出手機 App 查詢，就可以有系統地找出美食地圖，發現好多好多美食餐廳，透過手機 App，

這就是找到聯結。

在教孩子寫作文進行思考時，**關鍵就是聯結。**

目前，我在課堂上教學生思考，寫作與表達，但是我用的不是傳統的教學方式，我設計了一套課程，發想了幾個教學活動，並且自己製作教具，就是要幫學生找到鏈結，啟動思考聯結，讓學生可以自己探索系統思考及寫作的樂趣，藉由同儕互動，一起玩，相互學習，藉此豐富彼此的語料，嘗試寫出一篇屬於自己的文章。

從課文當中去長作文

寫作的重要性

在我的經驗當中，我覺得閱讀和寫作都十分重要。我們每天在學校教學生國語課，課本就是我們最好閱讀的素材。如何從課本出發，讓學生了解寫作的架構，了解作者他們寫作的初心，這很重要。如果讓學生知道作者寫作時的心情，還有他為什麼寫這一篇文章出來，我們可以換位思考：如果是我的話，我會怎麼寫這一篇文章？

循序漸進解構文本

我們可以讓學生從課文本位出發，解構這篇文本，再建構出自己的那一篇作文。

所以我嘗試著讓學生去做閱讀理解，去了解寫作的架構，轉化後用比較簡單的方式讓學生解構出類似的課文，

這是我們說的：**從課文當中去長作文。**

在我的課堂中，我也曾讓學生去找一篇感興趣的文章，然後去解讀它，去解構它，找出它的寫作策略，最後讓學生寫一篇文章。最重要的目標，就是要鼓勵學生他們去投稿，可是這樣的學習方式，不是教學生一次他們就會的。

多元活動重構文章

我曾經嘗試把它們變成很多元的活動，除了讓小朋友們合作，去討論課文理解的內容，藉由課文理解的內容的了解再去解構它的分段，包含意義段、形式段。最後讓學生嘗試說說看，寫寫看，而後就討論的結果做報告，再回到個人的學習，讓學生來寫一篇小短文。

這小短文可能只有一百個字，但裡面要有這樣的脈絡、架構。最後讓學生他們來選文，讓每一個學生來選文、發表。包含口頭的發表，包含書面的發表，再來讓學生來票選，誰寫的最有架構，誰寫得最符合作者的原意，這樣找到學生多元的能力，最終目標是鼓勵學生勇敢地寫下來，

把它寄出去投稿，最後，讓每一個小孩，把我們的想法落實成做法，打字成一篇文章來。

在打字的過程當中，我看到學生不滿意，修正許多字，本來「**將就**」的學生，因為老師的認真，因為老師的投入而變成「**講究**」，最後全班的作品都成功投稿寄送出去了。

我不在乎有沒有入選，可是我在乎的是學生在學習過程當中的成果，我相信長久下來，他們的學習表現一定會被大家肯定，當然，未來，我班上每一個小朋友都有可能是未來著名的作家。

從將就到講究：
養成好習慣，寫好作文就是這麼簡單

　　從將就到講究，是一種自我突破的歷程，可以讓你從 A 到 A+，千萬要留意每個環節，注重每一個細節，誠如《優秀是教出來的》一書中，隆·克拉克老師所推行的超基本 55 條班規，就是強調讓學生將日常生活當中的小事做好，養成好習慣，我個人十分認同，簡單的事情重複做，就是專家；重複的事情認真做，就是贏家。

　　很多時候都會聽到朋友說，好久沒有動筆寫文章了，現在要我寫，真的不知道要寫什麼，也不知道寫不寫得出來。連大人都這樣說了，何況小朋友呢！

　　其實，必須養成寫作的良好習慣，不一定要寫長篇的文章，可以從簡短的紀錄做起，如果可以養成隨時記錄的好習慣，就能讓寫作成為日常生活中的一部分。

　　生活中可以怎麼做呢？其實養成每日寫日記是很好的

習慣，也是精進作文能力很棒的方法。如果沒有那麼多的時間寫一篇完整的日記，也可以簡單記錄，透過三言兩語記錄心情，或是寫下一段話，兩三個句子，長久累積下來就是一本心情札記，許多的詩集作品的靈感來源，都是這樣記錄的。

再者，可以在生活中觀察並蒐集美好的文字或語詞，例如到便利商店，可以留意每個檔次所推動的廣告文案，「整個城市都是我的咖啡館」、「全家就是你家」這一類的文句，這些都是讓人耳熟能詳的判斷句，可以與修辭句法連結做學習，更可以學習如何做廣告文案讓人印象深刻。

另外也可以善用智慧型手機的錄音功能，當聽到一句話或是看到一段文字時，就透過錄音或是筆記 App 來做記錄整理，當有時間時再整理成一篇完整的筆記，這也是很棒的方式。

記得在那個沒有智慧型手機的年代，大家流行手寫筆記，於是一本一本的筆記本就是最美好的回憶，也因為寫得多、記得多，不知不覺寫作的能力就進步了。

　　讀報、剪報、寫心得也是很棒的方式，如果可以養成每日讀報、剪報，並寫摘要札記，就可以進行思考及統整能力的培養，經年累月的努力下，閱讀與寫作的能力自然提升，讀報容易，但是剪報寫札記不容易，如能每日重複做這樣的工夫，廣泛閱讀之下，視野開闊，編輯及思辨的能力也能大幅提升。

　　在這數位時代，如果可以養成好的書寫習慣，從生活中記錄，除了閱讀與書寫，累積文字，練習思考與思緒的整理，簡單的事情重複做，時間會過去，經驗會留下，能力會形成，且一定可以帶著走。

　　養成閱讀與寫作的好習慣，不將就，要講究，就能讓寫作文變得很簡單。

簡易的論說文寫作教學指導

　　論說文著重說理，要說理說服別人必須要掌握三個重點，分別是論點、論據及論述，如能掌握這三個重點，就能夠簡單寫出一篇具有個人觀點的論說文。

　　在教孩子寫一篇論說文前，可以試著先讓孩子從生活中的觀察，寫下一個判斷句。例如我認為運動有益健康，或是我是環保小達人，或是我會打籃球，這一類的判斷句。但這都是個人的主觀想法、自己的論點，如果要別人認同，就必須提出支持自己說法的證據，也就是論據。

　　例如在說明運動有益健康時，可以引報紙報導中的醫生說法來作為佐證，也可以舉自己的自身經驗，來加以說明作為論述，讓別人也能認同我們所說，藉此來加強自己的判斷句更有說服力。

　　有道是：「大膽假設，小心求證，有幾分證據說幾分話。」論說文講求理性的思辨能力培養，在提出自己的觀

點時，必須要能夠提出支持自己說法的證據，這樣才不會淪為只是空口說白話，沒有根據，只有自己的個人想法，而沒有讓人信服的客觀證據。

在說明自己是環保小達人時，可以具體的描述自己在生活中關於環保的相關作為，例如購買飲料自備環保杯，以及協助同學進行垃圾分類，還代表學校參加環保知識擂臺賽，獲得分區冠軍，並說明自己能夠持之以恆，讓環保的概念在生活中體現，讓別人相信我們確實是環保小達人，是有具體作為而非自己說說而已。

說到我會打籃球時，就必須要能夠舉例說明關於籃球的規則，還有基本動作，團隊合作等都能分別描述說明，具體而微的娓娓道來，讓別人知道我們真的會打籃球。

當然也可以說一則參加籃球比賽的實際經驗，或是體育課時被老師邀請出來示範三步上籃，老師誇獎說表現得很好，這都是可以用以佐證自己的說法的論據，可以讓自己的論點更有說服力。

透過這樣的方式來教導孩子思考，生活中仔細觀察就

可以寫出讓別人信服的論說文。

　　提出自己的論點，找到至少兩個以上的論據，有條理的論述，綜合起來就是一篇簡單而有內容的論說文。

　　有幾分證據說幾分話，寫論說文就是要能夠理性的思考與判斷，然後勇敢的為自己的說法辯護，讓別人信服，因此可以在日常生活中，教導學生仔細的觀察並且收集資料，閱讀報紙就是最簡易的準備方式，從報紙閱讀跨接到寫作。

　　除了可以豐富寫作的內容之外，更可以練習修辭技巧的引用法，引述別人的話語或是報紙的報導，作為自己論說文寫作的論據材料，可以讓自己的文章更有說服力。

　　科學家研究講究實證，律師法官辦案講求證據，寫論說文也要如同科學家做研究和法官辦案，要讓人信服就得要仔細的蒐集資料，邏輯推論為自己的立場辯護，找到支持自己說法和觀點的證據，如此一來就能寫出一篇令人信服的論說文了。

三步驟思考在記敘文寫作上的應用

三步驟思考在口試回答上是很好的操作模式，也是記敘文寫作可採用的技巧，而且寫作有更多時間可以反覆思考。其實寫作與口試沒有絕對的方法與操作的方式，只是口試是臨場的，是即席的，所以必須要靈活運用一些回答的小技巧，如果可以進行實地的現場演練，則會更深刻體會。

這邊先提醒一下，關於口試如何回答，或記敘文寫作如何進行，簡要方式用三步驟的答題來讓回答及寫作更有架構，分享如下。

什麼是簡單的三步驟（三部分）呢？

過去，現在，未來。
首先，再來，最後。

　　大部分的老師喜歡用三步驟的方式，來說明自己怎麼進行某某教學，或是老師在進行某某方案教學，或是特殊的教學方式時，或是在處理什麼樣的狀況時，我聽到許多老師會用這樣三步驟的方式來進行回答，但是這樣的回答方式要記得，一定要把三個步驟都說到，才不會掛一漏二，掛二漏一，或是只講到部分，後面就忘記還有哪些部分沒有講到或沒有寫到。

　　另外，若是提到教學上自己的經驗或是看法，會使用哪些策略時，則可以先談論某某教學或是教學方法的重要性，還是目前的現況，然後分享自己的實際教學經驗。

　　若是可以把自己在精進教學的歷程上的脈絡交代出來就更棒了，例如原本不會，現在會，是如何達成的，以前不注意，現在很注重，是為什麼？

　　這時候則可以用過去、現在、未來來進行回答或寫作。

　　最後當然要回到問題的焦點，把題目回答完整，用一個強而有力的結尾來提示重點，用以結束回答。

以下是簡要的筆記重點：

1. 首先→再來→最後

2. 教學上的回答：

（1）講 XX 教學的重要性及教學方法

（2）說自己試過的方式

例如以前覺得不喜歡教作文，但在參加過研習後，學到讀寫合一⋯⋯

（3）過去、現在、未來（說出自己的改變）

（4）結尾

3. 開頭／結尾：帶出教育理念，和感動自己的一句話

例如開頭：任何一個孩子，都不該被放棄⋯⋯

記敘文寫作口試回答沒有絕對的方式，或是單一的方式，但是必須要能看清楚題目，快速地抓到問題核心，然後切中要點的回答書寫，有理有據，有理論有實務，有架構有條理，然後從容不迫的回答，溫柔的眼神，堅定的語氣，不疾不徐的語速，誠懇的應答，如此一來就能有好的表現。

後記：寫好作文就是那麼簡單

　　作文與口語表達都是現今語文學習很重要的關鍵，且兩者相輔相成，透過口語表達的訓練，可以讓作文構思更為迅速；經由作文書寫的反覆練習，可以讓口語表達的語詞更為豐富，句構更為完整，藉此提升語文能力。

　　其中，思考方式的學習更顯重要，當學生懂得如何思考時，可以舉一反三，可以觸類旁通，更可以讓思慮更為縝密，寫作文時就能完整的將自己的想法寫出，不再只是望文興嘆，不知所云。

　　其實，寫作文是一件很快樂的事情，就像是日常生活中的口語表達，就可以是練習作文的一種方式。透過說話來學寫作文方便、快速又有效，可以培養孩子書面語及口頭語的表達能力，多加練習就會進步。

　　師長可以鼓勵孩子多發表，嘗試在眾人面前說話，表達自己的意見，口語表達的能力，在未來更會是關鍵的能

力，而書寫較之口語表達，可以更為縝密的思慮然後將文字寫出，可以提升大腦的運作效能。

　　所以口語表達及文字寫作可以兩者並行，同時練習，只要在日常生活中刻意練習，相信時間一久，就能看到進步的軌跡。

　　語文的學習在於應用，當孩子學會構思及表達後，可以透過各種方式來進行寫作實踐，可以書寫日記抒發心情，可以投稿報刊提升語文能力，更可以參加語文競賽來增加自己的臨場反應。

　　目前的大學採用多元入學方案，申請入學時，會有面試的口語問答，更是需要口語表達的練習。而當未來進入職場後，語文力的展現，更將成為競爭的關鍵，有好的語文能力，一定可以在眾人之中脫穎而出，因此，就從生活中來提升語文能力吧！

　　教師的有效教學，就可以幫助學生有效學習。本書所提供的觀念及教學方法，可以提供師長及父母作為教導孩子提升寫作與口語表達能力的參考，只要能從中掌握一些

適合孩子的技巧，同時孩子願意多寫、多想、多思考，相
信要寫好作文，就是那麼簡單！

更多教學相關文章，

請掃描 QRCode

追蹤王勝忠老師臉書粉絲專頁！

王勝忠老師的超高效寫作課
多寫、多想、多思考，寫好作文就是那麼簡單！

作　　　者／王勝忠
美 術 編 輯／孤獨船長工作室
責 任 編 輯／許典春
企畫選書人／賈俊國

總　編　輯／賈俊國
副 總 編 輯／蘇士尹
編　　　輯／高懿萩
行 銷 企 畫／張莉榮・廖可筠・蕭羽猜

發　行　人／何飛鵬
法 律 顧 問／元禾法律事務所王子文律師
出　　　版／布克文化出版事業部
　　　　　　臺北市中山區民生東路二段 141 號 8 樓
　　　　　　電話：（02）2500-7008 傳真：（02）2502-7676
　　　　　　Email：sbooker.service@cite.com.tw
發　　　行／英屬蓋曼群島商家庭傳媒股份有限公司城邦分公司
　　　　　　臺北市中山區民生東路二段 141 號 2 樓
　　　　　　書蟲客服服務專線：（02）2500-7718；2500-7719
　　　　　　24 小時傳真專線：（02）2500-1990；2500-1991
　　　　　　劃撥帳號：19863813；戶名：書蟲股份有限公司
　　　　　　讀者服務信箱：service@readingclub.com.tw
香港發行所／城邦（香港）出版集團有限公司
　　　　　　香港灣仔駱克道 193 號東超商業中心 1 樓
　　　　　　電話：+852-2508-6231 傳真：+852-2578-9337
　　　　　　Email：hkcite@biznetvigator.com
馬新發行所／城邦（馬新）出版集團 Cité(M) Sdn. Bhd.
　　　　　　41, Jalan Radin Anum, Bandar Baru Sri Petaling,
　　　　　　57000 Kuala Lumpur, Malaysia
　　　　　　電話：+603-9057-8822 傳真：+603-9057-6622
　　　　　　Email：cite@cite.com.my
印　　　刷／卡樂彩色製版印刷有限公司
初　　　版／2019 年 10 月
售　　　價／300 元
Ｉ Ｓ Ｂ Ｎ／978-986-5405-01-4

城邦讀書花園
www.cite.com.tw　布克文化
WWW.SBOOKER.COM.TW